Olivier Adam
Keine Sorge, mir geht's gut

SERIE PIPER

Zu diesem Buch

»Was machst du eigentlich beruflich, wieviel verdienst du?« Lili hat keine Lust mehr auf die Art Fragen, die ihr auf jeder dieser typischen Pariser Partys gestellt werden. Denn Lili studiert nicht BWL oder Philosophie, sondern jobbt im Supermarkt. Ihre Welt besteht aus dem, was täglich über ihr Band läuft: Kopfsalat, Cornflakes, Spülmittel – eine Welt der Barcodes. Viel Platz also für den Schmerz über den Verlust ihres Zwillingsbruders. Dabei ist es schon zwei Jahre her, daß Loïc einfach abgehauen ist. Eines Tages beschließt Lili, sich auf die Suche nach ihm zu machen. Sie fährt nach Norden Richtung Meer und kommt dort einem traurigen Familiengeheimnis auf die Spur ... Leichthändig und zugleich sehnsuchtsvoll beschreibt Olivier Adam in knappen, berührenden Sätzen eine einzigartige Geschwisterbeziehung.

Olivier Adam, geboren 1974 in einem Vorort von Paris, lebt mit seiner Familie in der Bretagne. Die Verfilmung seines Debütromans »Keine Sorge, mir geht's gut« erreichte in Frankreich Kultstatus. Zuletzt erschienen auf deutsch die Romane »Leichtgewicht«, »Mein Herz und deine Seele« und »Klippen« sowie der Erzählungsband »Am Ende des Winters«.

Olivier Adam

Keine Sorge, mir geht's gut

Roman

Aus dem Französischen von
Carina von Enzenberg

Piper München Zürich

Mehr über unsere Autoren und Bücher:
www.piper.de

Von Olivier Adam liegen bei Piper im Taschenbuch vor:
Keine Sorge, mir geht's gut
Am Ende des Winters

Mix
Produktgruppe aus vorbildlich bewirtschafteten Wäldern und anderen kontrollierten Herkünften
www.fsc.org Zert.-Nr. GFA-COC-1223
© 1996 Forest Stewardship Council
FSC

Ungekürzte Taschenbuchausgabe
Piper Verlag GmbH, München
Dezember 2008

Titel der französischen Originalausgabe:
»Je vais bien, ne t'en fais pas«, Le Dilettante, Paris 1999

Umschlag: Büro Hamburg. Anja Grimm, Stefanie Levers
Bildredaktion: Büro Hamburg. Alke Bücking, Charlotte Wippermann
Umschlagfoto: SchirmerGraf Verlag, unter Verwendung eines Filmstills aus dem gleichnamigen Film von Philippe Lioret
Autorenfoto: Bruno Garcin Gasser
Satz: Uwe Steffen, München
Papier: Munken Print von Arctic Paper Munkedals AB, Schweden
Druck und Bindung: CPI – Clausen & Bosse, Leck
Printed in Germany ISBN 978-3-492-25243-0

Für Karine
Meinen Eltern

I

Lili schlägt die Tür zu und dreht den Schlüssel um. Es ist zehn Uhr. Sie fängt um elf an. Shopi schließt um einundzwanzig Uhr, sie macht den Kassenabschluß. Sie läuft die Treppe hinunter, nimmt vier Stufen auf einmal. Am Kiosk kauft sie eine *Libé*. Es ist schon warm, und sie zieht ihre Strickjacke aus. Die Brasserie, in die sie immer geht, hat geschlossen. Es ist ja August. Sie betritt ein kleines Café, in dem drei alte Männer bei ihrem dritten Glas Rotwein über Fußball fachsimpeln. Die Wirtin begrüßt sie kaum, läßt sie die Bestellung, einen Kaffee und ein Croissant, zweimal wiederholen. Sie breitet die Zeitung auf dem Tisch aus und schlägt sofort die Seite mit den Annoncen auf. Zusammen mit Loïc hat sie immer diese Seite gelesen, deshalb sagt sie sich, daß er ihr vielleicht auf diese Weise eine Nachricht zukommen läßt. Der Kaffee ist sehr heiß. Sie verbrennt sich leicht den Mund, setzt die Tasse ab, pustet eine Haarsträhne aus dem Gesicht. Sie hat ihr fast rotes, sehr glattes Haar zu einer Art losem, künstlerischem Knoten zusammengebunden. Sie sieht sich im Spiegel. Die Alten schauen sie an. Automatisch macht sie eine Geste, als wolle sie den Rock nach unten ziehen. Dabei hat sie heute eine Hose an. Die Alten tauschen lustlos ein paar Tips aus, kreuzen Kästchen auf einem Wettschein fürs Pferdelotto an. Lili blättert gedankenverloren in der Zeitung. Sie verzieht ein wenig das Gesicht, als sie den Kaffee austrinkt. Genau dann, als sie den kleinen Rest Zucker hinunterschluckt, der auf dem Boden der Tasse zurückgeblieben ist. Sie legt ein paar Münzen neben ihre Tasse, steht auf und geht. Sie sagt auf Wiedersehen. Niemand erwidert ihren Gruß.

Nadia sitzt ganz allein an der Kasse. Vor elf ist nicht viel los. Bis auf die Alten aus dem Viertel mit ihren rotschwarzkarierten Einkaufstaschen. Lili nimmt ihren Platz ein. Nadia erzählt ihr vom vergangenen Abend, wie jeden Morgen. Sie ist fix und fertig. Sie ist erst um vier Uhr morgens ins Bett gegangen. Und zwar nicht allein. Sie hat einen großen, muskelbepackten Kerl mit nach Hause genommen. Sie hatten sich mindestens zwei Stunden lang angetanzt, Auge in Auge, Schweiß auf der Stirn. Es war Latinonacht. Dann sind sie sich nähergekommen. Werdet ihr euch wiedersehen? fragt Lili. Nein, sagt Nadia. Ich weiß nicht mal, wie er heißt, und er hat mir auch keine Telefonnummer dagelassen. Aber ich habe ihm meine Adresse gegeben, für alle Fälle. Und du? Was hast du gemacht? Ach, nichts Besonderes. Ein bißchen gelesen, ferngesehen, Seehecht mit grünen Bohnen aus dem Tiefkühlfach, Manu Chao gehört, um zehn ins Kino Pathé Wepler, danach nach Hause und ins Bett …

Golden Delicious, Scotch-Brite-Herdreiniger, ein kleines Paket Ariel, Kleenex-Toilettenpapier, Duschgel von Ushuaïa, Blätterteig von Hertha, Apfelsaft von Pampryl, Pistazien von Bahlsen, Strauchtomaten, Schmelzkäse, Speckstreifen, eine Flasche Ballantine's, zwei Auberginen, ein Beutel geriebener Gruyère, zweimal Kokosnußcreme von Gervais (neu!, zum Stürzen), das macht zweihundertdreiundsechzig Francs und dreißig Centimes, bitte tippen Sie Ihre Geheimzahl ein, danke, auf Wiedersehen, danke, Ihnen auch.

Hast du gemerkt, wie er dich angesehen hat? fragt Nadia. Nein, hab ich nicht. Du merkst nie was. Der Typ war ein Kracher, Lili, ich schwör's. Ich habe doch gesagt, daß ich nicht drauf geachtet habe, ich schaue auf die Barcodes, auf sonst nichts. Guten Tag, Madame. Sechs Eier, eine Tüte Pommes frites, Butter von Kerrygold, drei Flaschen Cola, Sonnenblumenöl, drei Päckchen Spaghetti von Panzani, ein Päckchen Uncle-Ben's-Reis, Roastbeef, ein großer Becher Crème fraîche von Bridélice, drei große Fertigkuchen von Dr. Oetker, zwei Familienpacks Danette mit Vanillegeschmack, dreimal Milchreis von La Laitière, vier Tüten Chio-Chips, eine Wurst von

Justin Bridou. Das macht zweihundertdreiundneunzig Francs und fünf Centimes, Sie haben nicht vielleicht drei Francs, macht nichts, auf Wiedersehen, Madame, schönen Tag noch. Meine Fresse, hat die ein Gestell, zischt Nadia. Ein bißchen zu laut ... Die Dicke macht wütend kehrt. Sie will den Filialleiter sprechen. Sie ist ganz aus dem Häuschen, richtig echauffiert. Nadia spricht ins Mikro: »Monsieur Robert bitte an Kasse vier.« Monsieur Robert erscheint, hört sich freundlich die Beschwerden der dicken Frau an, ergeht sich in Entschuldigungen, wirft Nadia einen vernichtenden Blick zu, verspricht, daß so etwas nie wieder vorkommen wird. Dann sagt die Dicke, es sei doch immer dasselbe mit den Ausländerinnen, vor allem mit den Araberinnen. Nein, überhaupt nicht, sagt Monsieur Robert sanft und lächelt ihr zu. Die Dame geht. Monsieur Robert sieht Nadia an. So eine blöde Kuh, murmelt er, und dann kehrt er zurück in sein Büro; im Vorbeigehen rückt er eine rote Pringles-Rolle im Regal zurecht.

Neunzehn Uhr. Es herrscht großer Andrang. Die Leute kommen von der Arbeit und machen auf dem Nachhauseweg ihre Einkäufe. Sie sind in Eile, müde, genervt, daß sie Schlange stehen müssen, oft für nur wenige Artikel. Lili konzentriert sich, versucht, keine Fehler zu machen. Ihr brummt der Schädel. Nadia ist schon weg. An der Kasse nebenan hat Maud Nadias Platz eingenommen. Maud sagt nie etwas. Sie ist dick, trägt eine Brille und sieht ein bißchen einfältig aus. Lili schnürt es die Kehle zu, ihr Herz verkrampft sich. Sie hat diesen Kerl wieder entdeckt, diesmal in der Warteschlange. Ein schräger Typ, der am Nachmittag vor dem Eingang von Shopi herumgelungert und die Passanten beschimpft hat, und dann hat er Lili angestarrt, mit Händen und Armen gefuchtelt und etwas gebrüllt, das sie nicht verstanden hat. Lili hat Angst gekriegt, sie hat sich an den Wachmann gewandt, aber der hat geantwortet, daß er dazu da ist, sich um Ladendiebe zu kümmern, nicht um auf der Straße Polizist zu spielen. Dann ist er zurück in die Gemüseabteilung gegangen, wo bekanntlich diese ominösen Wiederverkäufer von Lauchstangen und Weintrauben zuschlagen. Lili hat Maud davon erzählt, aber die hat nichts dazu gesagt.

Nur noch zwei Kunden sind vor ihm, der Typ starrt sie an, brabbelt mit zusammengepreßten Zähnen irgendwas vor sich hin und sabbert dabei ein wenig. Je näher er kommt, desto lauter spricht er und desto besser versteht Lili, daß er sie tatsächlich beschimpft, daß er sie als Schlampe und kleine Nutte bezeichnet. Jetzt ist er dran, er hat nichts in seinem Korb. Lili sagt ganz sanft und mit einem Lächeln guten Tag, und da fängt der Schwachkopf an zu brüllen, stößt dreckige Schlampe, dreckige Hure hervor und drischt wie ein Bekloppter auf die Kasse ein. Seine Augen sind blutunterlaufen, er ist ganz rot im Gesicht, und Lili bricht in Tränen aus. Sie verschränkt die Arme schützend vor dem Gesicht und duckt sich leicht. Niemand rührt sich, niemand sagt etwas. Der Wachmann bewacht weiter seinen Brokkoli, die Leute stehen seelenruhig an, wechseln die Schlange oder tun so, als hätten sie den geriebenen Gruyère vergessen, um erneut zwischen den Regalen zu verschwinden. Dabei ist klar: Sie gehen zu den Kassen auf der anderen Seite des Ladens, zum Ausgang Rue Notre-Dame-de-Lorette.

Lili kann nicht mehr, sie läuft zum Ausgang und dann ins erstbeste Café. Alle sehen sie an. Sie ist völlig verstört, schluchzt und zittert am ganzen Leib. Auf ihrem weißen Kittel prangt das blaugelbe Shopi-Logo. Ein Kellner kommt auf sie zu, sagt zu ihr, sie soll sich ruhig da hinten hinsetzen, neben die zwei alten Frauen, die ihren Tee schlürfen und dazu Kekse essen, die sie aus ihren Einkaufstaschen hervorgekramt haben. Man bringt ihr eine heiße Schokolade, von der sie nur nippt. Und die sie auch nicht bezahlt. Sie versucht sich zu beruhigen. Ruhiger zu atmen. Bevor sie sich wieder an ihre Kasse setzt, bittet sie den Kellner, nachzusehen, ob bei Shopi alles ruhig ist. Durch die Fensterscheibe sieht Lili das Blaulicht eines Polizeiautos, das zu spät gekommen ist. Der Kellner redet ihr gut zu, begleitet sie bis zu ihrer Kasse. Ganz schnell bildet sich eine Schlange von Ungeduldigen, die hochzufrieden darüber sind, daß sie die neuerliche Öffnung von Kasse vier vor allen anderen bemerkt haben, aber die sich trotzdem ein genervtes »Ah, endlich« nicht verkneifen können. Lili kann sie verstehen. Es ist nicht sonderlich komisch, nach einem langen Arbeitstag Schlange zu stehen.

Einundzwanzig Uhr. Kassenschluß. Lilis Augen flirren vor lauter Preisschildern, ihr Kopf schwirrt vor Barcodes.

Es ist noch warm. Pärchen kriechen aus ihrem Bau. Duschen, schminken, einen kleinen Whisky, und schon ist man wieder frisch und einsatzbereit. Lili schließt die Tür auf. Es herrscht ziemliches Chaos. Das Bettsofa ist noch aufgeklappt. Ein schmutziger Teller und ein Glas auf dem Teppichboden. Ein weißer Slip und ein gelber BH mit malvenfarbenen Blumen in einer Ecke. In der kleinen Küche sieht es nicht besser aus. Abwasch im Spülbecken, die Herdplatten und der Kühlschrank nicht wirklich sauber. Egal, morgen ist Donnerstag, da fängt Lili erst um dreizehn Uhr an. Sie räumt dann immer auf, geht anschließend eine Stunde schwimmen im Schwimmbad Georges-Drigny hier gleich um die Ecke, bevor sie wieder das Transportband laufen läßt, die Kasse aufklappt und schließt, den roten Lichtbalken über den Barcode von Senfgläsern hält, den Preis von Obst und Gemüse eintippt, sich den für die Stückware in Erinnerung ruft (zwölf Francs die Ananas, Angebot der Woche, vier Francs fünfundneunzig die Avocado, vier Francs fünfzig die Gurke, sieben

Francs neunzig das Bund Frühlingszwiebeln, fünf Francs zwanzig das Bund Petersilie …). Lili legt eine CD ein. Sie macht sich einen Kaffee. Dann setzt sie sich an den Tisch in der Küchenecke und blättert im Katalog eines schwedischen Herstellers von Möbeln zum Selbstaufbauen. Sie sucht nach einem Filter, findet aber keinen. Der Kaffee schmeckt nach Küchenrolle. Sie rührt ihn kaum an. Wenn sie ein paar Sous übrig hätte, würde sie sich diese kleine Kommode leisten (ein Kindermöbel, aus weißem Holz). Es klingelt. Lili hebt den Hörer der Sprechanlage ab. Es ist Nadia. Lili zieht sich rasch um, tauscht ihre alte grüne, mit Molton gefütterte Jogginghose gegen eine schwarze Hose, ihr zu großes, abgetragenes T-Shirt von Naf Naf gegen eins von Petit Bateau für Sechzehnjährige, das ihr eindeutig zu klein ist und über ihrer blassen Haut spannt.

Lili fühlt sich unwohl. Sie weiß nicht, was sie sagen soll. Sie kommt sich dumm vor. Sie hat keine Meinung zu den Fragen, die sich Nadia und ihre Freundinnen stellen. Sie mag auch das Viertel nicht besonders und auch nicht das Café, das voller ziemlich lauter Studenten ist. Nadia hat sie zum Mitkommen überredet. Sie trifft sich mit vier Freundinnen von der Uni. Sie wollen auf eine Party in der Nähe des Luxembourg. Es ist erst zweiundzwanzig Uhr fünfundvierzig. Nadia meint, vor dreiundzwanzig Uhr dreißig oder Mitternacht hinzugehen lohnt sich nicht. Also trinken sie noch etwas, um sich erst mal kennenzulernen. Das heißt, eigentlich kennen sie sich untereinander schon, und Lili ist ihnen egal. Nadia arbeitet nur den Sommer über bei Shopi, um sich ein wenig Taschengeld zu verdienen. Im September macht sie sich an ihr Diplom in Soziologie oder etwas in der Richtung. Die anderen studieren Literatur, Marketing, BWL oder Geschichte. Eine von ihnen fragt Lili, was sie sonst, im richtigen Leben, macht. Lili erwidert: Kassiererin. Das ist mein Beruf. Danach richtet keine mehr das Wort an sie außer Nadia, die sie fragt, wie es ihr geht, ihr zulächelt, ihr Blicke zuwirft.

In den Wohnungen am Jardin du Luxembourg könnte man Fahrrad fahren, abstrakte Gemälde hängen an den Wänden. Junge Schnösel kotzen ihren Wodka aus, beziffern ihre Gehaltsvorstellungen mit Blick auf ihren baldigen Eintritt in den Arbeitsmarkt, reden davon, jedes Angebot unter zweihunderttausend Francs jährlich abzulehnen. Sie haben sich im Studium doch nicht umsonst den Arsch aufgerissen. Die anderen hätten es schließlich genauso machen können. Das mit der Chancenungleichheit ist Quatsch, jeder hat die gleichen Möglichkeiten, es zu was zu bringen und seine Chance zu nutzen. Es ist doch nicht unsere Schuld, wenn die Kameltreiber aus den Vorstädten zu blöd sind, um sich im Unterricht anzupassen. Das haben sie jetzt davon. Die Jungs werden Dealer, die Mädchen Kassiererinnen im Supermarkt und fertig, das haben sie sich selbst zuzuschreiben.

Mit einem Glas in der Hand geht Lili vorsichtig über das versiegelte Parkett und lauscht den Gesprächen der jungen Leute. Mal spricht man das Wort »Banlieue« mit mitleidiger Miene und »Farbige« mit katholischer Blasiertheit aus. Mal ist man weniger zimperlich, und wieder an anderer Stelle textet ein Phrasendrescher gerade ein bildhübsches Mädchen mit beinahe entblößten Brüsten zu. In einer Ecke verteidigt ein junger Mann, der sich als Linker ausgibt und die Attraktion des Abends ist, unbeholfen seine Position. In den Taschen erahnt man klingelbereite Handys, die Schule, die man besucht hat oder besuchen wird, wird wie ein Paß oder eine Erkennungsmarke hochgehalten, die Zeit bei den Pfadfindern beschworen …

Wieder woanders wird über Kultur und Demokratisierung gesprochen, ein Mädchen weist noch mal darauf hin, daß die meisten Menschen nicht lesen und nie ins Kino gehen, das heißt, die aus den einfachen Milieus natürlich. Die Kassiererin aus dem Supermarkt, na ja, die geht eben abends nach Hause, zum Chinesen oder in eine Pizzeria an der Route Nationale, guckt *Sturm der Liebe* oder den großen Kinofilm auf M6 an. Ha, ha, ha, das ist wirklich zu komisch … Lili blickt sich nach Nadia um. Findet sie nicht, geht tanzen. Es läuft ein Song von Björk, sie hält die Tränen zurück, aber nein, es gelingt ihr nicht, sie versucht sich zu verdrücken, verschwindet in einem Flur, öffnet eine Tür, willst du reinkommen, sie sind bereits zu viert, und Lili kann nicht sagen, welcher Busen, welches Haarbüschel oder welcher Arm zu wem gehört, sie macht die Tür wieder zu, in einem anderen Zimmer küßt sich ein schwules Pärchen zärtlich, ein Stück weiter schüttet ein Kerl, die Krawatte über der Schulter, eine Flasche Whisky herunter, neben sich eine Rothaarige, die die Nase voll Koks hat. Zwischen ihren Brüsten baumelt ein Kruzifix. Als sie Lili sieht, knöpft sie ihre Bluse zu, zupft ihr Seidentuch zurecht und wirft ihr einen Blick zu, der finster wirken soll, aber eher verdattert aussieht. Endlich ein Zimmer, in dem niemand ist. Lili hat zuviel getrunken, ihr ist kotzübel. Das Zimmer ist so groß wie ihre ganze Wohnung. Sie muß an Irène und Paul denken, ihre Eltern, an ihre Zweizimmerwohnung in der Cité des Bergeries, kurz vor dem Umzug in das Reihenhäuschen, an Loïc, mit dem sie damals spielte, Maman kochte, Papa war noch in der Arbeit, die Hausaufgaben waren gemacht, und der Fernseher flimmerte vor sich hin.

Lili verläßt das Zimmer, überquert die Tanzfläche, wo es nach Schweiß und einem Parfum von Calvin Klein riecht. Alle hier sind sehr schön, sehr gut gekleidet. Lili geht auf den Balkon, wo Mädchen in kurzen Kleidern und mit Beinen, ebenso lang wie braun, über Heirat, Liebe, Ruhm und Schönheit diskutieren. Lili atmet tief durch. Ein Typ, sehr schlank und groß, braunhaarig und mit eher feinen Zügen, die ihm etwas Knabenhaftes oder Feminines verleihen, nähert sich. Ich kenne hier niemanden, sagt er. Ich langweile mich ein bißchen. Ich auch, antwortet Lili. Hauen wir ab? Sie gehen, ohne sich zu verabschieden. Niemand beachtet sie. Hier beachtet niemand niemanden. Alle sind viel zu sehr damit beschäftigt, Eindruck zu schinden. Benoît, ich heiße Benoît, weißt du, ich wohne hier, mein Bruder hat die Party organisiert. Freut mich, Lili. Was machst du beruflich, Lili? Ich bin Kassiererin. Aha, und wo? In Paris? Ja, neunter. Weißt du, du bist mir sofort aufgefallen. Ich bin dir eine Weile hinterhergegangen, aber du hast mich nicht gesehen. Der Aufzug fährt nach unten. Benoît hält ihn an. Es ist dunkel. Sie küssen sich. Lili spürt Benoîts Hände auf ihren Brüsten, sie gleiten unter ihren Rock, liebkosen ihren Hintern, berühren ihre Scham. Lili öffnet Benoîts Hemd, küßt seinen Bauch, sie knöpft seine Hose auf, nimmt sein Glied in den Mund, es schwillt an und wird hart.

Benoît atmet heftig. Lili wandert wieder hoch zu seinem Bauch. Sie nimmt Benoîts Hand, schiebt sie in ihren Slip und schließt die Augen. Benoît zieht die Hand zurück. Er sagt »weitermachen« und umfaßt Lilis Kopf mit den Händen. Lili nimmt sein Glied wieder in den Mund. Benoîts Finger in ihrem Haar tun ihr weh. Sie hebt den Kopf. Weiter, verdammt, nicht aufhören. Benoît hält Lilis Kopf ganz fest, preßt ihn nach unten. Oben wird an die Türen geklopft. Sie hören Rufe. Hey, was treibt ihr denn da drin? Benoît setzt den Aufzug wieder in Bewegung. Lili kauert schluchzend in einer Ecke. Benoît sieht sie nicht an. Die Türen öffnen sich, und Benoît läßt eine Fünfhundertfrancnote fallen. Lili kotzt.

Es ist neun Uhr. Lili hat Kopfschmerzen. Sie macht sich einen Kaffee, zwei Löffel in den nassen Filter. Einen großen blaugrünen Bol. Lili kann sich nicht zum Aufräumen durchringen. Sie holt ein gelbes Frotteetuch, ihren schwarzen Badeanzug, ihre Bademütze aus dem Schrank. Wieder muß sie an Benoît denken. Sie hatte nichts dergleichen vorausgesehen. Loïc hätte es geahnt, er hätte sie gewarnt.

Als sie ins Wasser eintaucht, fühlt es sich sehr weich an. Alles ist wie weggeblasen. Ihr Gehirn leert sich. Sie zieht ihre Bahnen und zählt mit. Ein Typ schwimmt dicht neben ihr, verfolgt sie. Sie schwimmt zu schnell für ihn. Er gibt auf. Als sie aus dem Wasser steigt, kann man sehen, daß sie sehr schön, sehr zerbrechlich ist. Sie nimmt die Bademütze ab, schüttelt leicht den Kopf. Sie sieht aber doch ein wenig traurig aus.

Während sie die Straße hinuntergeht, summt sie einen Ohrwurm vor sich hin, hält bei Franprix, kauft sich einen Granny Smith, sonst nichts. Sie hat rote Augen. Das kommt vom Chlor, sagt sie zum Kassierer, weil sie genau weiß, daß er glaubt, sie hätte geweint. Oder daß sie weint. Vielleicht liegt er gar nicht so falsch. Kann gut sein, daß sich die Tränen der Reizung mit anderen, mit Tränen der Erschöpfung, der Mutlosigkeit gemischt haben.

Vier Flaschen Bordeaux, empfohlen von Jean-Luc Pouteau, dem besten Sommelier der Welt, Bündnerfleisch von Reflets de France, ein Säckchen Mini-Babybels, eine Flasche Meister Proper, Calgon-Tabs, ein tiefgekühltes Zucchinigratin von Findus, zwei Gurken, ein Gläschen Zimt, eine Packung Toilettenpapier mit Lavendelduft, eine Tüte Nüsse, drei Tafeln schwarze Schokolade mit siebzig Prozent Kakao von Lindt, zwei Packungen Eis von Gervais, einmal Vanille, einmal Pistazie, eine Tüte Haribo, zwei Päckchen Kekse »Hello!« von LU, das macht dreihundert und einen Franc und zwanzig Centimes, ja, ich habe gegen zwanzig Uhr Feierabend, nein, tut mir leid, heute abend habe ich schon was vor, bitte tippen Sie Ihre Geheimzahl ein, morgen abend geht auch nicht, ich fahre in Urlaub, weiß ich noch nicht, nein, ich habe keinen Platz für Sie in meinem Auto, es ist ein kleines Auto, und ich nehme meine ganzen Klamotten mit, Sie wissen ja, wie Frauen sind … Schönen Tag noch.

Nadia hat gerade ihren Platz eingenommen. Sie lächelt Lili betreten zu. Tut mir echt leid. Wenn ich gewußt hätte, daß Benoît sich dort rumtreibt, hätte ich dich gewarnt. Ich habe nicht mal mitgekriegt, daß du rausgegangen bist.

Als Benoît wieder zurück auf der Party war, ist er geradewegs auf Nadia zugesteuert.

»Deine Freundin ist nicht nur dämlich, sie schluckt auch nicht.«

»Du Schwein«, hat Nadia gesagt. »Du bist wirklich ein richtiges Drecksschwein.«

»Halt den Mund, von einer Scheißkanakin brauche ich mir das nicht sagen zu lassen. Geh doch zurück in deine beschissene Vorstadt, wenn dir was nicht paßt.«

Nadia hat ihm ins Gesicht gespuckt und ist gegangen.

Er ist ein Faschistenschwein, sagt Nadia. Lili fragt sich, ob sie das nicht um ihrer selbst willen gesagt hat. Kommst du heute abend mit? fragt Nadia. Heute gibt es eine kubanische Nacht in der Nähe von Les Halles.

Als Lili Shopi verläßt, kommt ein Typ auf sie zu. Sie wollen also wirklich kein Glas mit mir trinken? Sie hatten seit heute morgen Zeit, es sich zu überlegen. Wissen Sie, ich tue das sonst nie. Na ja, wahrscheinlich erzählt Ihnen das jeder. Aber Sie gefallen mir wirklich. Ich möchte Sie kennenlernen, mich mit Ihnen unterhalten. Lili sagt, daß sie müde ist und nach Hause möchte. Schade, sagt er mit resigniertem Lächeln. Lili findet, daß er ehrlich aussieht. Sie läßt ihn stehen. Sie geht schnell. Dabei hat er ihr gut gefallen, der Typ, aber man kann nie wissen. Sie weiß nie, wie sie sich verhalten soll. Immer ist sie entweder zu mißtrauisch oder nicht genügend. Wenn Loïc da wäre, wäre alles einfacher.

Vier Stockwerke. Es herrscht immer noch Chaos. Lili schlüpft in einen alten bonbonrosa Jogginganzug. Sie legt Manu Chao auf, das erinnert sie an Loïc, an die Abende, die Nächte, an denen sie zu zwanzigst bei einem Freund geschlafen haben, wenn die Eltern nicht da waren. Sie wischt mit einem Schwamm über die Herdplatten, spült ab. Vier weiße Teller, zwei zerkratzte Pfannen, jede Menge Besteck, Senfgläser mit den Simpsons, Asterix oder Zinedine Zidane darauf. Sie macht sich einen Kräutertee, Pfefferminz-Lakritze, Geschmacksrichtung »Abend voller Hoffnung«. Zum Staubsaugen ist es zu spät, also räumt sie nur ein bißchen auf, läßt eine Waschmaschine im Schnellwaschgang laufen. Sie muß gähnen. Das Telefon klingelt. Es ist Irène, ihre Mutter. Ja, gut. Und dir. Ja, ich komme morgen abend vorbei. Okay. Gruß an Papa ... Irène legt auf. Sie geht zurück ins Wohnzimmer. Deine Tochter kommt morgen. Ah, sagt Paul. Irène findet die Musik zu laut. Paul mosert ein wenig, stellt sie aber schließlich leiser. Er sagt zu Irène, daß er sich freut.

»Ich mich auch, sie fehlt mir.«

»Ich weiß ...«

»Das macht bei Ihnen dreihundertzwei Francs und zehn Centimes.«

»Sind Sie sicher?«

Lili reicht ihr den Kassenzettel.

»Ja, Sie können es nachprüfen.«

Die Frau vor ihr trägt ein elegantes Kostüm mit drei ineinander verschlungenen Initialen darauf, ihr Haar ist frisch geföhnt. Sie hat eine für ihr Gesicht zu große rosagetönte Brille auf, und ihre Brosche, ebenfalls von Yves Saint Laurent, ist grottenhäßlich. Es paßt eigentlich nicht zu dieser Art Frau zu fragen: »Sind Sie sicher?« Normalerweise tun das eher die alten Hutzelweibchen oder die Rentner, die um elf Uhr aus dem nahe gelegenen Bar-Tabac kommen. Die feilschen immer, schimpfen und sind mißtrauisch. Sie tun das, um etwas zu erleben, um einen Anlaß zum Streiten zu haben. Danach berichten sie sich untereinander, mit welchen Methoden die Händler in der Rue des Martyrs sie schikanieren. Lili schenkt der Frau ein breites Lächeln. Sie erwidert es nicht, sondern dreht ihr (verächtlich) den

Rücken zu und schaukelt ihren Karorock zum Ausgang. Bonjour, eine Büchse Ölsardinen, vier Magerjoghurts, eine Schachtel Margarine, drei Kartoffeln. Das macht achtundzwanzig Francs und vierzig Centimes. Die Alte kramt in ihrem Geldbeutel. Ihre Hände zittern. Lili bietet ihr Hilfe an. Sie läßt sich den Geldbeutel geben und nimmt den abgezählten Betrag heraus. Danke, meine Kleine, das ist sehr nett von Ihnen. Die Alte trippelt davon, stark gebeugt und sehr langsam. Danach kommt ein junges Pärchen. Lili mag die beiden. Sie kennt sie nicht, aber sie mag sie. Sie sind erst kürzlich ins Viertel gezogen. Sie kommen zwei-, dreimal die Woche. Meistens montags für den Großeinkauf und samstags für das, was noch fehlt, und außerdem einmal pro Woche, um die Zutaten für ein Abendessen zu fünft oder sechst zu kaufen. Sie gehen immer an Lilis Kasse und begrüßen sie mit einem echten Lächeln. Hinter ihnen wächst die Schlange. Lili verkündet, daß sie gleich die Kasse schließt. Die Leute murren. Es ist Freitag, kurz vor siebzehn Uhr. Heute abend beginnt ihr Urlaub. Zehn Tage am Ende des Sommers. Als Lili geht, wünschen Nadia und Maud ihr schöne Ferien.

»Wohin geht's?«

»Weiß noch nicht, mal sehen ...«

Lili schlendert die Rue des Martyrs entlang. Das Auto, das sie für eine Woche gemietet hat, ist ab etwa achtzehn Uhr verfügbar. Die Hähnchen drehen sich am Spieß, und ihr Duft mischt sich mit dem ziemlich strengen Geruch, der aus dem Käseladen strömt. Die Gemüsehändler lauern auf Kundschaft, aber die macht sich rar. An der Ecke Avenue Trudaine, an dem baumbestandenen kleinen Platz, drückt Lili die Haustür auf, geht in den vierten Stock hinauf und betritt ihre Wohnung. Alles ist aufgeräumt, die Reisetasche thront mitten auf dem Teppich. Lili nimmt ihre Sonnenbrille, trinkt einen großen Schluck Cola, greift sich die Tasche und ist schon wieder draußen. Unten sagt sie sich, daß sie zuerst in die Buchhandlung hätte gehen sollen, jetzt muß sie die Tasche mitschleppen. Egal, sie geht trotzdem hin. Lesestoff für den Urlaub aussuchen. Sie stößt die Tür von *L'Atelier* auf. Die Buchhändlerin erkennt sie, grüßt. Lili betrachtet die Stapel. Sie steuert auf den Tisch mit französischen Romanen zu. Wie immer weiß sie nicht recht, was sie nehmen soll. Früher kaufte immer

Loïc die Bücher. Er las sie. Wenn sie ihm gefielen, gab er sie Lili zu lesen. Lili merkt sich nie die Namen der Autoren, bringt die Verlage durcheinander. Die Buchhändlerin kommt ihr zu Hilfe. In diesem Punkt hat sie Loïc ersetzt. Sie ist nicht so geschmackssicher wie er, aber ohne sie würde Lili wieder gehen, ohne etwas zu kaufen, wie sie es in anderen Buchhandlungen macht, wo sie sich nicht traut, die Verkäufer anzusprechen. Lili sagt nicht, daß es für den Urlaub ist, weil die Leute immer denken, daß man im Urlaub nur romantische Schmöker, Kitschromane oder ägyptische Sagas lesen will. Sie fragt nach drei guten Büchern. Sie schiebt die Tüte zwischen den Daunenschlafsack und ihre Kleider in die Reisetasche. Dann biegt sie in die Avenue Trudaine ein, in Richtung Gare du Nord, bis zur Rue de Maubeuge. Im Büro der Autovermietung hängt ein Protestplakat gegen die gesetzlichen Bestimmungen, mit denen die Zulassung im 51. Département verboten werden soll. Der Typ, der sie die Papiere ausfüllen läßt, reißt einen dämlichen Witz nach dem anderen. Lili ringt sich ein Lächeln ab, damit er nicht einschnappt. Er starrt sie penetrant an, fragt, wo sie hin will, einfach so. Sie weiß es nicht. Er findet es sehr romantisch, ins Blaue zu fahren. Dann führt er ihr den bordeauxfarbenen Clio vor. Es ist ein Modell aus einer limitierten Serie: Clio Chipie. Lili gefällt der Name für ein Auto: Clio Chipie. Sie fragt, ob es ein Autoradio hat. Der Typ drückt auf einen Knopf, und die Stimme eines schwachsinnigen Radiomoderators dröhnt bis auf den Gehsteig. Lili setzt sich hinters Steuer. Die CDs hat sie jetzt umsonst eingepackt. Kassetten hat sie jedenfalls keine dabei. Sie wird nachher welche aus Loïcs Zimmer mitnehmen.

Auf dem Périphérique traut sich Lili kaum von der rechten Spur herunter. Dabei ist sie ziemlich gefährlich, denn die Autos kreuzen sich und scheren manchmal im letzten Augenblick nach rechts aus, um die Abfahrt nicht zu verpassen. Aber Lili möchte auf keinen Fall die Abzweigung auf die A6 versäumen. Sie fährt nur selten Auto und weiß nicht genau, wo sie gerade ist. Vage Erinnerungen an Heimfahrten nach einem Familienausflug nach Paris. Die Champs-Élysées, die *Pizza di Roma*, das Kino Gaumont Ambassade mit der großen Leinwand, die Tuilerien, die Boote auf dem Teich. Wir machen noch einen Schlenker bis zur Pyramide. Ihr Vater mokiert sich über die Leute, die seinerzeit lautstark protestierten, als François Mitterrand das Bauvorhaben ankündigte. Das findet er heute noch komisch. Dann geht es in umgekehrter Richtung zurück. Tiefgarage, Rondell am Triumphbogen, Avenue Foch, Porte Dauphine, südliche Ringautobahn, Abzweigung auf die A6 in Richtung Évry/Lyon, zur Porte de Versailles oder d'Orléans. Man kann auch an der Porte d'Italie die N 7 nehmen, aber da kommt eine Ampel nach der anderen, vor allem in der Umgebung von Villejuif, L'Haÿ-les-Roses. Lili ist auf die Autobahn gefahren, sie hält Ausschau nach der Abzweigung auf die N 7 und fährt unter dem Flughafen Orly hindurch. Ein Flugzeug hebt gerade ab. Lili beugt sich beim Fahren vor, zieht die Schultern ein und blickt leicht nach oben. Und ein Einkaufsmarkt am anderen. Schuh-Halle, Centre Leclerc, Casino, Obi, Mammouth, Saint-Maclou, Conforama. Seitenstraßen gehen rechtwinklig ab und führen ins Zentrum von Paray-Vieille-Poste, Athis-Mons oder Juvisy. Die ganze N 7 entlang, über eine schier endlose Strecke, nichts als diese merkwürdigen Hallen, vier mal drei Meter große Werbeplakate, riesige Straßenlaternen, Pizzerias und schäbige chinesische Restaurants, McDonald's, Quicks, Vertragshändler von Renault, Peugeot und Honda, Firmenschilder von Midas. Es erinnert an die Peripherie von Provinzstädten, Sozialsiedlungen tauchen auf, scheinen sich Kilometer um Kilometer ins Unendliche fortzusetzen. Parkplätze, Supermärkte, zwielichtige Bars über lange Strecken entlang der Fahrspur. Lili kennt dieses Bild gut. Sie weiß, daß es auf der anderen Seite, oben in Richtung Saint-Denis oder im Westen, Richtung Nanterre, haargenau die gleichen Arterien gibt. Hier unten ist das Herz der Städte und zugleich das Herz von Nirgendwo. Reihenhäuser mit kümmerlichen Gärten, die Gehsteige spärlich mit kranken Bäumen bestanden, deren Blätter von einem ungesunden Rot sind. Ein wenig versteckt die Sozialsiedlungen, ein Stück weiter weg die Industrie- und Gewerbegebiete der glücklicheren Städte. Die Häuser ähneln sich nicht. Nichts ähnelt sich. Dennoch pulsiert das Leben, hier wie anderswo.

Lili fährt nach D. hinein, eine halbwegs verbürgerlichte Kleinstadt, die zwischen der Erinnerung an Ländlichkeit und einer offenkundigen Modernität schwankt. Sie durchquert die Stadtmitte, kommt an ihrer ehemaligen Schule vorbei, dem Collège Alphonse-Daudet, alte blaue Fertigbauteile, davor ramponierte eingezäunte Tennisplätze. Sie fährt in großem Abstand vorbei, sieht nicht, daß alles renoviert worden ist. Die Straßen sind leer, Lili fährt am Wald von Sénart entlang, kommt am Gewerbegebiet vorbei, Blechwürfel, Metallgebäude, dann am Supermarkt Atac, einem Hard-Discounter. Sie ist jetzt ganz in der Nähe von Les Bergeries, der Sozialsiedlung, in der sie als kleines Mädchen gewohnt hat. Als sie in die dritte Klasse Gymnasium kam, sind sie in ein Reihenhäuschen inmitten von lauter genau gleich aussehenden Reihenhäusern gezogen. So etwas nennt man nicht Siedlung, sondern Wohnanlage. Die, in der Lili aufgewachsen ist, hat keine Grünflächen, keine Wasserläufe, keine baumbestandenen Plätze. Es ist eine Wohnanlage der untersten

Kategorie. Die Häuser stehen dicht an dicht, und dahinter verstecken sich die verwilderten Gärten. Dort gibt es Maschendrahtzäune, Schaukeln, Grills, frisch gepflanzte Bäume und ein paar plattgetrampelte Blumen, in deren Mitte ein vergessener Fußball herumliegt. Lili erinnert sich noch, daß ihre alten Freundinnen aus Les Bergeries nach den Sommerferien, kurz nach dem Umzug, nicht mehr viel mit ihr zu tun haben wollten. Oder war es umgekehrt? Sie weiß es nicht mehr genau.

Lili hat bis zu ihrem zwanzigsten Lebensjahr hier gewohnt, das Fachabitur für Buchhaltung und Informatik in der Tasche, die Ferien, Loïcs Verschwinden bei ihrer Rückkehr, sein ohrenbetäubendes Schweigen, das schwarze Loch, das darauf folgte. Als der erste Brief kam, hob Lili den Kopf aus dem Wasser. Ihr Onkel kannte den Geschäftsführer von Shopi. Der stellte sie als Kassiererin ein. Es dauerte eine Weile, bis sie die Kaution und die Provision für den Makler zusammenhatte, dann zog sie nach Paris, in das Viertel, das Loïc so mochte. Ein Viertel, das eigentlich keins ist, an dem andere Viertel zusammenstoßen: Cadet, Opéra, Saint-Georges, Montmartre, Pigalle. Loïc liebte die Rue des Martyrs, die ins Herz von Montmartre führt, und zwar in seine Lieblingsgegend, gleich oberhalb von Les Abbesses. Und die Place Saint-Georges, die ansteigenden Straßen zwischen der Rue Notre-Dame-de-Lorette und Pigalle, zwischen der Rue Blanche und der Rue de Maubeuge. Auf der anderen Seite führt die Rue du Faubourg-Montmartre bis zur Rue Montorgueil, zum Viertel Les Halles und zum Pont-Neuf. Man überquert die Seine, und schon ist man in Saint-Germain-des-Prés und am Odéon. Er mochte dieses Viertel vor allem deshalb, weil es nicht protzig ist und man dort einfach sein Leben führt. Es hat etwas Menschliches: Die Leute machen ihre Einkäufe, gehen nach Hause, holen Brot, die Zeitung oder Zigaretten, trinken noch was am Tresen.

Sie klingelt. Über dem Knopf steht auf einem kleinen selbstklebenden Rechteck: »Paul und Irène Tellier und Kinder«. Irène macht auf. Eine Schürze verdeckt teilweise ihre geblümte Bluse und ihren rosafarbenen Rock. Sie lächelt sanft und läßt Lili herein. »Dein Vater ist im Garten.« Auf dem Wohnzimmertisch, über den ein Wachstuch mit geometrischem Muster gebreitet ist, hat Irène das Zelt und die Isomatte bereitgelegt. Durch die Terrassentür sieht Lili ihren Vater von hinten. Er sprengt den Rasen. Sie schleicht sich an und berührt ihn an der Schulter. Paul zuckt zusammen und dreht sich um. Ein kaum merkliches Lächeln. Seine Küsse berühren kaum Lilis Haut. Hallo, meine Kleine. Er hüstelt verlegen.

Sie essen auf der Terrasse. Sie wissen nie so recht, worüber sie reden sollen. Hauptsache, man ist zusammen. Man guckt sich an, lächelt verschämt. Lili glaubt, daß sie ihre Eltern liebt. Aber sie sagt es ihnen nicht. Auf der anderen Seite der Hecke jagen sich kreischend Kinder. Auch ein paar Gesprächsfetzen sind zu hören. Es geht um Politik. Um die Steuern und die Ausländer und dieses und jenes … Ich bin zwar kein Rassist, aber Le Pen redet trotzdem nicht nur Unfug …

Lili hilft Irène beim Abräumen. Paul bleibt auf der Terrasse sitzen. Er steckt sich eine Zigarette an. Es ist ein lauer Abend. Paul legt den Kopf in den Nakken und schließt die Augen. In der Küche reicht Irène Lili einen Umschlag. Er ist von Loïc, das weiß sie. Sie erkennt seine Schrift und außerdem Irènes Gesichtsausdruck. Loïc schreibt nur an Lili. Es ist wie eine Provokation. Seit seinem Fortgang kein Brief an seine Eltern. Nur zwei-, dreimal im Monat eine Karte an Lili. Ein paar eilige Worte: Ich denke an Dich, Ich umarme Dich, keine Sorge, mir geht's gut. Lili erhält nie mehr als zwei, drei Karten vom selben Ort. Loïc wandert von Stadt zu Stadt, zieht durch die Gegend. Auf den Karten kein Wort über die Eltern, keine Erklärung, was er macht, keine Bemerkung zu seinem Verschwinden, zu den Gründen seines Verschwindens. Nur ein Zeichen. Als wollte er sagen: Ich bin nicht tot.

Lili öffnet den Umschlag. Es ist eine Karte von Cotentin. Auf dem Poststempel steht Portbail, 21. August 1998. Irène weint leise. Sie macht Lili ein Zeichen, daß sie die Karte verstecken soll, bevor ihr Vater hereinkommt. Es ist die erste Karte, die Lili aus Portbail erhält. Ihr Herz rast. Das kommt unverhofft. Loïc muß noch dort sein. Portbail ist bestimmt ganz klein. Lili nimmt ihre Mutter in den Arm. Sie streicht ihr übers Haar. Es ist unsere Schuld, sagt Irène. Wenn er doch nur eine Adresse angeben würde, irgend etwas. Dann könnten wir ihm schreiben und ihm sagen, daß es uns leid tut. Das macht deinen Vater kaputt, weißt du.

Das Haus ist so aufgeräumt. Seit sie selbst, nach Loïc, fortgegangen ist, scheint alles wie erstarrt zu sein. Nichts wurde bewegt. Als hätte man alles sich selbst überlassen, aber ohne daß Staub ansetzt. Angehaltene Zeit. Kein Geräusch ist zu hören. Paul döst auf der Terrasse. Irène näht Knöpfe an. Lili geht in ihr Zimmer. Pacha, der Kater, schläft auf der gelben Steppdecke. Es war Loïcs Idee gewesen, ihn Pacha zu nennen. Pacha ist noch dicker geworden. Das Zimmer ist sehr leer, sehr nüchtern. Ein von den Großeltern geerbtes großes Bett, ein weißer Schreibtisch, eine kleine Kommode, auf der zwei Porzellanpuppen sitzen. Lili hat nie viel Zeit in ihrem Zimmer verbracht. Hat lediglich darin geschlafen. Das Leben fand bei Loïc statt. Lili stößt die Tür auf. Niemand hat gewagt, irgend etwas anzurühren. Überall liegen Bücher. Auf dem Nachttisch ein kleiner Stapel, ganz oben ein aufgeschlagenes umgedrehtes Buch. Loïc ist vor zwei Jahren weggegangen. Er war damals achtzehn, Lili zwanzig. Aber Loïc ist immer der große Bruder gewesen. Sogar das Abi hat er vor ihr gemacht. Er hat eine Klasse übersprungen, Lili hat zweimal wiederholt: die neunte und die elfte.

Auf der Stereoanlage ein Stapel CDs. Die letzten, die Loïc gekauft hatte: Miossec, Dominique A., Murat, Bashung und Björk, die Lili nicht besonders mochte. An den Wänden hängen Photos. Belmondo mit Jean Seberg, Boris Vian, Patrick Modiano, Jacques Brel und Leonard Cohen. Sein Bett: eine Matratze auf dem Boden mit ein paar Kissen an der Wand. Auf dem Schreibtisch aus hellem Kiefernholz verstreute Papiere, Aufzeichnungen. Man kann sie lesen, doch man wird nichts darin finden, was seine Flucht erklärt. Jedenfalls nicht mehr als das, was Loïc immer zu Lili gesagt hat, nämlich daß man fortgehen muß, abhauen, raus aus Frankreich, wo alles so eng ist, oder, genau umgekehrt, sich hier vergraben, durch die Gegend ziehen, ans Meer fahren, dort Wurzeln schlagen, wo man sie auch wirklich schlagen will, sich ein neues Leben ausdenken, überall- oder nirgendwohin gehen, denn wer von hier kommt, aus einem Pariser Vorort, der kommt von nirgendwoher, der kommt aus einem Niemandsland und muß bei Null anfangen.

Lili kehrt in ihr Zimmer zurück. Sie hört den Fernseher im Wohnzimmer. Irène schaut nicht hin. Paul zappt durch die Programme.

Lili kann nicht einschlafen. Sie steht auf, geht die Treppe hinunter. Der Fliesenboden in der Küche ist kalt. Sie trinkt ein Glas Wasser. Aus dem Wohnzimmer dringt flackerndes Licht. Sie geht hinein. Paul ist eingeschlafen. Sein Mund steht offen. Auf M6 läuft ein Videoclip nach dem anderen. Es ist Rap-Nacht. Der Ton ist abgeschaltet. Sie betrachtet ihren schlafenden Vater. Er ist ein bißchen gealtert in letzter Zeit. Aber der Schlaf überzieht seine Stirn mit einem entspannten Ausdruck, einem Anflug von Jugendlichkeit, Friedlichkeit. Lili schaltet den Fernseher aus. Sie holt eine alte Decke aus der Abstellkammer. Die, die ihre Großmutter für sie gemacht hat. Aus aneinandergenähten großen, bunten Quadraten. Sonntags lag sie oft reglos auf dem Sofa, von oben bis unten eingehüllt, und stellte sich schlafend. Dann sickerte das Licht des Sonntagabendfilms durch die kleinen Löcher. Behutsam breitet Lili die Decke über ihren Vater. Er gibt ein leises Grunzen von sich. Oder vielmehr ein Seufzen.

Sie ist wieder in Loïcs Zimmer. Sie schlüpft unter sein Plumeau. Sie fühlt sich besser, wie beschützt. Sie denkt, daß sie ihn morgen vielleicht sehen wird. Sie hat ein bißchen Angst. Ihren Eltern hat sie nichts gesagt. Wohin fährst du eigentlich? In die Creuse, hat Lili gesagt, Freunde von mir sind dort in den Ferien. Das stimmt natürlich nicht. Im Grunde genommen hat Lili nämlich keine eigenen Freunde. Ihre Freunde waren Loïcs Freunde. Sie hat keinen Kontakt mehr zu ihnen, seit er fortgegangen ist. Sie haben sich nie sonderlich für sie interessiert, höchstens wenn sie völlig blau waren, dann sind sie zu ihr ins Bett gekrochen.

Irène ist immer ein bißchen dünnhäutig, wenn Lili wieder wegfährt. »Wir hatten gar keine Zeit zum Reden.« Lili verspricht ihren Eltern, auf dem Rückweg ihre letzten drei Urlaubstage in D. zu verbringen. Irène kann es kaum erwarten. Paul sagt nichts, er umarmt seine Tochter.

Lili hat ein paar Kassetten mitgenommen, die in Loïcs Zimmer in einer Ecke versteckt waren. Bands aus den Achtzigern wie Mano Negra, Les Négresses Vertes, The Clash, The Smiths ... Sie fährt zu schnell. An einer Tankstelle wirft sie einen Blick in den Guide Michelin. Sie findet einen Campingplatz in nicht allzugroßer Entfernung von Portbail. Im Umkreis von weniger als fünf Kilometern gibt es nichts. Sie entscheidet sich für *Les Bosquets* bei Barneville-Carteret. Sie würde gern ins Hotel gehen, aber sieben Nächte, das wird zu teuer. Je mehr Kilometer sie abspult, desto schneller klopft ihr Herz und desto absurder, unsinniger kommt ihr alles vor. Ihr ist klar, daß sie ihm nicht begegnen wird. Und außerdem: Wenn er sie wiedersehen wollte, wäre er zu ihr gekommen. Dazu hätte er nur in einem der Briefe, vor den Blicken der Eltern geschützt, einen Treffpunkt vorschlagen oder in *Libé* eine Anzeige aufgeben müssen … Trotzdem fährt Lili weiter. Es ist Morgen, und das Licht ist sehr klar. Sie denkt an nichts.

Beim Wegfahren hat sie noch einmal zurückgeschaut. Paul und Irène standen hinter dem Wohnzimmerfenster, davor ein schmaler Grasstreifen und, noch etwas davor, der Gehsteig. Irène hat zaghaft gewunken. Lili hat zurückgewunken. Dann haben Irène und Paul sich mitten im Wohnzimmer auf den pastellfarbenen Teppich gestellt, einander gegenüber, mit hängenden Armen, schweigend. Sie haben sich wortlos aufs Sofa gesetzt. Irène hat Pauls Hand genommen. Paul hat den Arm um ihre Schultern gelegt. Sie haben etwa zehn Minuten lang ins Leere gestarrt. Irène hat das Gesicht verzogen, um den Kloß im Hals zu unterdrücken, der sich in Tränen zu verwandeln drohte. Schließlich hat Paul gehüstelt, als wachte er plötzlich auf und wunderte sich darüber, daß er schweigend dort sitzt, den Blick ins Leere gerichtet. Er ist aufgestanden, hat versucht, möglichst mechanische Gesten auszuführen. Natürlich war er unbeholfen wie noch nie, als er die CD ins Laufwerk gelegt und Irène gefragt hat, ob sie Scrabble spielen will. Irène ist zusammengezuckt, mit einem Satz aufgesprungen, sie war sehr angespannt und schien zu zögern, bevor sie wußte, was sie machen will. Sie hat geantwortet, ja, gerne, und ist in die Küche gegangen. Sie hat die elefantenförmige Teekanne mit Wasser gefüllt. Sie hat zugesehen, wie sie sich im Licht der Mikrowelle gedreht hat. In der Zwischenzeit hat Paul das Spiel aufgebaut und ein weißes Blatt Papier genommen. Er hat zwei Spalten gezeichnet. Oben hat er jeweils ihre Vornamen eingetragen. In der Schachtel liegen ausgefüllte Spielzettel. Auf einigen sind vier Spalten, vier Vornamen: Lili Loïc Paul Irène. Meistens hat Loïc gewonnen.

II

Lili ist gerade zwanzig. Sie hat eben ihr Abitur gemacht. Es sind Ferien. Jedenfalls für sie. Loïc arbeitet nämlich. Er möchte reisen. Lili ist für eine Woche zu ihrer Großmutter aufs Land gefahren. Dort gibt es einen großen Garten, jede Menge Blumen, Johannis- und Himbeeren, Schafe auf dem Feld daneben, kein Gegenüber, nur das Brummen der Traktoren. Das ist erholsam. Sie bleibt nur ein paar Tage. Sie liest auf dem Bett, unter dem Kirschbaum, spielt mit ihrer Großmutter Halma und trinkt dabei Tee. Sie schlägt aufs Geratewohl einen Weg ein, und nach einer Stunde kehrt sie wieder um. Sie kaut auf Grashalmen, der Wind zaust die Strähnen auf ihrer Stirn. Sie bleibt am Ufer eines Sees stehen, unter Pappeln. Fünf beschauliche Tage. Sie denkt nicht an die Zukunft. Was sie tun oder wo sie sich einschreiben soll. Paul sagt, sie hat die Qual der Wahl, jetzt, wo sie ihr Abi hat. Sie hat geantwortet, daß sie vor allem die Wahl der Qual hat. Du wirst doch was aus deinem Leben machen, sagt Irène. Lili hat nie wirklich gedacht, daß man aus seinem Leben etwas machen kann, deshalb hat sie nur eine sehr verschwommene Vorstellung davon, wie man das schaffen und welche Ziele man sich stecken soll. Loïc dagegen weiß, was er will. Er wird es auch für sie wissen. Sie betrachtet den Himmel, lauscht den Krähen, beobachtet die vorbeizischenden Schwalben.

Am schönsten an den Aufenthalten bei ihrer Großmutter, »unter Frauen«, findet Lili die Geschichten, die Erinnerungen. Wie sah ihr Großvater aus, den sie nie gekannt hat? Wie war ihr Vater, als er noch klein war oder als Heranwachsender? Großmutter erzählt ihr auch Dinge, die Lili ihre Eltern nie fragen würde. Wie sie sich kennengelernt haben, wie Lili und Loïc auf die Welt kamen. Lili kramt in Kartons, schaut die Photos an. Vor allem die von ihrem Vater. Immer sehr ernst, der Mund geschlossen, leicht verlegen. Immer in seinen Büchern vergraben, sagt Großmutter lachend. Er wäre gern Lehrer geworden, aber dafür war er nicht gemacht. Er redete zuwenig.

Auch dein Großvater war nicht gerade redselig. Er liebte Paul sehr, konnte es ihm aber nicht zeigen. Paul hat ihm diese Kälte sehr übelgenommen, das weiß ich. Als Irène in unser aller Leben getreten ist, hat dein Großvater sie sofort mit offenen Armen aufgenommen, weißt du. Er drückte ihr schmatzende Küsse auf die Wangen, während er für deinen Vater nur einen schwachen Händedruck übrig hatte. Wenn wir vier zusammen waren, plauderte Jacques ganze Nachmittage mit Irène. Er löcherte sie mit tausend Fragen, mitunter auch sehr persönlichen, und gleichzeitig hatte er keine Ahnung, was dein Vater beruflich gern gemacht hätte, wen er wählte, was ihm im Leben wichtig war, all diese Dinge. Ich weiß, daß das Paul kränkte. Aber so ist das nun einmal, Vater und Sohn können einander nicht sagen, daß sie sich lieben.

Dann wurde Irène schwanger, und dein Großvater starb. Unerwartet für alle anderen, nur für mich nicht. Ich wußte, daß er krank war. Er wollte nicht, daß man davon erfuhr. Nicht einmal sein Sohn. Ich möchte sie damit nicht belasten, sagte er. Ich weiß, daß Paul ihm auch das übelgenommen hat. Aber ich habe die letzten Worte deines Großvaters gehört, ja, ich habe sie gehört. Sie galten mir und Paul, nur uns beiden. Er sagte einfach nur, daß er uns liebt. Das habe ich Paul erzählt. Er hat nichts dazu gesagt. Aber er hat bestimmt gedacht, daß ihm sein

Vater diese so einfachen Worte früher hätte sagen sollen.

Das Telefon klingelt. Großmutter rührt sich nicht. Ihre glänzenden Augen blicken weit zurück. Lili steht auf und hebt ab. Hallo, Maman. Ja, ganz gut. Ach, nichts Besonderes, ich gehe spazieren, und wir schwatzen ... Ja, übermorgen, mit dem Zug um vierzehn Uhr. Alles klar, ich gebe dir Großmutter.

Lili blättert in den Alben. Sie hört, wie ihre Großmutter ein paarmal mit erstickter Stimme »ja« sagt und auflegt. Lili sieht, wie sie fast stürzt, sich mit kreidebleichem Gesicht am Tisch festhält. Geht es dir nicht gut? Doch, doch, geht schon. Mir ist nur ein bißchen schwindelig. Das passiert mir in letzter Zeit sehr oft. Ich werde alt, weißt du. Sie geht zu dem runden einbeinigen Tischchen, zieht die Schublade auf, nimmt einen Metallstreifen Tabletten mit abartigem Namen heraus und schluckt sie mit einem Glas Wasser.

»Hast du wenigstens einen Verehrer?«

»Großmutter!«

»Schätzchen, du wirst doch nicht dein Leben mit Loïc verbringen ...«

»Spinnst du? Was redest du da? Ich bin noch auf der Suche, das ist alles. Ich habe den Richtigen noch nicht gefunden.«

Der Horizont verengt sich, und sie fahren um Bourges herum. Der alte Citroën ächzt und knattert. Die Stoßdämpfer sind abgenutzt, und Lili ist übel. Am Bahnhof warten sie noch gemeinsam bei einer Tasse Kaffee. Großmutter fragt, ob sie bald wiederkommt. Lili sagt ja, sie kommen sie bald wieder besuchen, mit Loïc. Loïc wird bis dahin den Führerschein haben, und dann fährt er sie nach Sancerre, und sie werden in einem Restaurant oberhalb der Loire und der Sandbänke essen.

»Das hört sich gut an«, sagt Großmutter träumerisch. »Aber jetzt, mein Schatz, solltest du vielleicht besser los.«

Der Zug geht erst in einer Viertelstunde, aber Großmütter sind alle gleich, sie wollen, daß man sich auf dem Bahnsteig die Beine in den Bauch steht. Immer diese Angst, zu spät zu kommen.

Lili umarmt ihre Großmutter. Gib Loïc einen Kuß von mir, mein Engel. Paß auf dich auf. Und grüß deine Eltern. Sag ihnen, sie könnten mich ruhig öfter besuchen kommen …

Bourges–Paris. Lili hat geschlafen. Ihre Augen sind ein bißchen verquollen. Sie nimmt den Regionalzug. Die Landschaft fliegt vorbei: die Pfosten, die Wohnblocks, die Stromleitungen, die umzäunten Einfamilienhäuschen, die Gemüsegärten, die Bahnhöfe, die schönen Krankenhäuser, die hübschen Parkplätze, die Seine, gesäumt von Häusern und sehr grünen Ufern, auf denen man sich ein Picknick vorstellen kann, die Uferstraßen, der Schrottplatz, auf dem sich verbeulte alte Autos stapeln. Sie erreichen Juvisy, der Zug hält quietschend. Alle wirken gehetzt. Tunnels, Bahnhofstraße, Gehsteig, Bushaltestelle, Überquerung der Seine, Stadtzentrum mit wenigen Geschäften, Mainville. Lili geht am Wald entlang. Es ist achtzehn Uhr dreißig. Loïc ist bestimmt schon zu Hause, deshalb beeilt sie sich.

Irène öffnet die Tür. Sie hat rote Augen. Man sieht ihr an, daß sie geweint hat. Paul sitzt im abgewetzten Sessel und sieht fern. Er dreht sich kaum um. Hallo, meine Kleine, wie geht's? Lili stellt ihre Tasche ab. Ihr ist heiß, sie zieht den Pullover aus. Ihr T-Shirt rutscht ein bißchen hoch, und man sieht ihren Bauch.

»Dein Bruder ist weg.«

»Weg? Wohin?«

»Das wissen wir nicht.«

»Wie, das wißt ihr nicht?«

»Nein, er ist einfach weggegangen. Wir haben ihn seit fünf Tagen nicht gesehen. Er hat nur gesagt, daß er weggeht. Daß er nicht wiederkommt.«

Irène weint.

Paul verschwindet die Treppe hinauf.

»Was ist denn passiert?« fragt Lili.

»Dein Vater und dein Bruder haben sich gestritten. Danach ist dein Bruder weggegangen. Eine ganz blöde Geschichte. Dein Vater hat Dinge gesagt, die er nicht so gemeint hat. Es tut ihm leid. Er war einfach ein bißchen überrumpelt. Er wußte nicht, wie er reagieren sollte. Verstehst du? Mach dir keine Sorgen. Loïc kommt bestimmt zurück. Er hat gesagt, daß er uns nie wiedersehen will, aber das war im Affekt. Außerdem hält er es nicht lange ohne dich aus.«

Lili bricht zusammen.

Lili und ihre Mutter liegen sich lange in den Armen und weinen, Stirn an Stirn. Oben, in seinem Zimmer, beißt sich Paul in die Innenseite seiner Wangen. Er geht auf die Toilette. Er übergibt sich.

Ganz langsam wird es dunkel. Paul ist zu Lili und Irène ins Wohnzimmer gegangen. Sie folgen einander auf Schritt und Tritt. Wechselt einer den Raum, gehen die anderen hinterher. Jetzt sind sie in Lilis Zimmer. Sie ist weinend hinaufgegangen. Sie hat gesagt: Ich möchte allein sein. Das war beim Essen. Sie hat ihren Fisch kaum angerührt. Dafür aber zehn Gläser Wasser getrunken. Sie hatte eine trockene Kehle, das Gefühl, zu ersticken. Sie ist aufgestanden. Paul und Irène haben sich von den Tischenden aus angesehen. Wortlos sind sie aufgestanden, haben ihre Teller genommen und sind ebenfalls hinaufgegangen. Sie haben nicht angeklopft. Lili hat ihnen den Rücken zugekehrt, sie war über ihren Schreibtisch gebeugt. Ihre bebenden Schultern verrieten ein Schluchzen. Die Tränen, die sie hinunterschluckte. Sie haben sich aufs Bett gesetzt. Sie haben still zu Ende gegessen. Paul hat gefragt: Sollen wir gehen? Lili hat sich umgedreht. Sie hat ihre Eltern angesehen, ihre armen Eltern, die plötzlich so winzig wirkten. Sie hat sich in Pauls Arme geworfen. Paul ist leicht zurückgewichen, aber da hat Lili sich noch fester an ihn gedrückt. Paul wußte nicht, was er mit seiner rechten Hand tun sollte, also hat er sie unbeholfen auf Lilis Haar gelegt. Paul hat die Tränen zurückgehalten, er hat die Pose des Tröstenden eingenommen. Dabei hatten sie alle drei ein gleich großes, unendliches Bedürfnis nach Trost.

Das Hin und Her ging noch bis spät in die Nacht. Einem nach dem anderen versagten die Nerven, Tränen liefen über die Wangen. Lili hat ihre langen Arme um ihre Mutter geschlungen. Ihre Arme kamen ihr plötzlich riesig vor. Paul hat eine Matratze in Lilis Zimmer gezerrt. Er hat sie neben das Bett auf den Boden gelegt und nur einen kleinen Spalt zwischen den beiden Schlafplätzen freigelassen. Nacheinander ist jeder von ihnen für eine Weile im Bad verschwunden. Danach sind sie ganz still zu Bett gegangen. Alle drei. Lili glaubte, das Telefon die ganze Nacht klingeln zu hören.

Lili hat stark abgenommen. Sie spricht kaum noch. Sie verkriecht sich den ganzen Tag in ihrem Zimmer. Die Stirn ans Fenster gedrückt, wartet sie. Irène ruft sie zum Abendessen. Als Lili die Treppe hinuntergeht, erfaßt sie ein leichter Schwindel. Nicht weiter schlimm. Das geht vorbei. Niemand sagt etwas. Paul starrt auf seinen Teller. Er hält den Blick seiner Tochter nicht aus. »Iß wenigstens etwas Salat.« Lili schluckt langsam. Sie zwingt sich dazu. Sie trinkt ein Glas Wasser.

»Ich geh wieder rauf in mein Zimmer.«

»Aber du hast nichts gegessen.«

»Ich hab keinen Hunger.«

»Dann nimm wenigstens einen Apfel.«

»Ich hab keinen Hunger, sag ich.«

»Lili, du mußt essen. Sonst wirst du krank.«

»Und wenn schon, das ist mir scheißegal.«

»Lili, ich verbitte mir diesen Ton. So sprichst

du nicht mit deiner Mutter. Du bleibst so lange bei Tisch sitzen, bis du aufgegessen hast.«

Lili steht auf. Sie zieht die Küchentür hinter sich zu. Auf der Treppe sind ihre Schritte zu hören.

Von ihrem Zimmer aus hört Lili zu, wie die Mahlzeit schweigend beendet, im Spülbecken Wasser eingelassen, das Geschirr abgewaschen, der Müllsack hinausgebracht, über den Gehsteig gezogen wird. Kurz danach verläßt sie ihr Zimmer. Sie hört den Fernseher. Sie geht ins Badezimmer, beugt sich über die Kloschüssel und steckt sich zwei Finger in den Hals. Es schmeckt säuerlich. Ihre Kehle brennt. Galle und Essig. Der Salat – ein dunkelgrünes Knäuel. Sie geht hinunter in die Küche, um etwas Zuckerhaltiges zu trinken. Sie steckt den Kopf durch den Türspalt. Ihre Eltern halten sich umschlungen. Sie weinen still vor sich hin. Irène sagt leise: Es ist nicht deine Schuld, es ist nicht deine Schuld. Lili geht zu ihren Eltern, drückt ihr Gesicht an ihre Wangen. Sie sagt immer wieder, es ist nicht eure Schuld, ich liebe euch, er kommt zurück …

Loïc kommt nicht zurück. Läßt nichts von sich hören. Lili hat das Haus seit acht Monaten nicht verlassen. Irène hat einen Arzt angerufen. Am Abend zuvor hat sie Lili gezwungen, sich zu wiegen. Lili war gerade im Badezimmer, und die Tür war nicht abgeschlossen. Irène ist hineingegangen.

»Wieg dich.«

»Nein.«

»Lili, bitte wieg dich.«

Lili hat Anstalten gemacht, das Bad zu verlassen. Irène hat ihr den Weg versperrt.

»Weg da. Ich wiege mich nicht, sag ich.«

»Du gehst erst hier raus, wenn du dich gewogen hast.«

Irène hat Lili zur Waage geschoben. Sie hat sie festgehalten. Sie hat ihr weh getan. Unter ihren Fingern hat sie gespürt, wie Lilis Knochen hervorstanden.

»Sieh hin.«

Lili hat nach oben gestarrt. Irène hat ihren Kopf mit der Hand nach unten gedrückt.

»Sieh dir das an. Siebenundvierzig Kilo. Du kommst mit mir mit. Wir gehen zu einem Arzt.«

»Die Medizin ist eine Hure, ihr Zuhälter ist der Apotheker«, hat Lili gesungen.

Paul ist hereingekommen. Er hat Irène in Tränen aufgelöst vorgefunden. Lili sah aus wie eine Wahnsinnige.

»Was geht hier vor?«

»Deine Tochter weigert sich, zum Arzt zu gehen.«

»Lili, entweder du ißt, oder du gehst zum Arzt.«

»Aber ich esse doch, Papa.«

»Erzähl mir nichts. Was glaubst du eigentlich? Glaubst du, wir wissen nicht, daß du ins Klo kotzt?

Hältst du uns für bescheuert? Es stinkt, wenn man reinkommt. Hörst du? Hast du dich mal angesehen? Glaubst du, Loïc würde sich freuen, wenn er dich so sehen würde?«

»Du redest, als wäre er tot.«

»So einen Unsinn. Glaubst du, er kommt zurück, nur weil du nichts ißt?«

»Nein, aber wenn man nichts tut, kommt er bestimmt nicht zurück.«

»Vielleicht hast du ja die Patentlösung.«

»Ich habe ihn nicht vertrieben.«

Paul hat nichts darauf gesagt. Er ist hinausgegangen. Sie haben gehört, wie die Haustür zufiel und das Auto angelassen wurde. Als er zurückgekommen ist, hat sich Lili in seine Arme geworfen.

»Entschuldige, Papa.«

»Schon gut, Lili. Schon gut.«

Der Arzt sagt, daß sie zu dünn ist, daß sie essen, hinausgehen, leben muß. Lili verspricht es. Der Arzt verschreibt ihr Gelatinekapseln. Vitamine. Irgendein Zeug, das hungrig macht.

Der Arzt ist gegangen. Sie können mich jederzeit anrufen, wenn es ein Problem gibt. Er hat sich mit Lili unter vier Augen unterhalten. Lili hat zu ihm gesagt, wenn Loïc nicht zurückkommt, wird sie ihn suchen. Ohne ihn kann sie nicht leben. Und wenn er tot ist? Lili hat dem Arzt einen vernichtenden Blick zugeworfen. Sie hat hervorgestoßen, dann sterbe ich auch. Sie hat laut gesagt: »Na, dann auf Wiedersehen, Herr Doktor. Danke für alles.« Irène ist hereingekommen. Paul auch. Der Arzt hat seine Utensilien zusammengepackt.

Lili nimmt ihre Tabletten nicht. Ihre Haut ist weiß, fast violett. Ihre Wangenknochen stehen hervor. Sie spricht immer weniger. Sie liegt im Bett. Es ist Morgen. Sie denkt ans Sterben. Sie hört das Auto, steht auf, sieht den Briefträger. Sie spitzt die Ohren, wie jeden Morgen. Ihre Mutter ist hinausgegangen, hat den Briefkasten geöffnet. Die Tür fällt ins Schloß. Irène ruft zu ihr hinauf.

Ein Brief für dich, Lili. Lili stürmt die Treppe hinunter. Sie reißt ihn auf. Sie fängt an zu lachen. Worüber, weiß man nicht. Sie lacht und weint gleichzeitig. Er ist von Loïc, ruft sie, er ist von Loïc. Es geht ihm gut. Er ist in der Bretagne. Es geht ihm gut. Er denkt an mich. Es geht ihm gut.

Irène und Lili hüpfen und tanzen auf der Stelle. Sie stoßen verrückte Schreie aus. Sie trampeln mit den Füßen auf den Sesseln und warten auf Pauls

Rückkehr. Er ist mit dem Rad im Wald unterwegs. Sie stürzen sich auf ihn wie zwei Ausgehungerte.

III

Lili fährt sehr schnell. Sie möchte den Campingplatz vor Einbruch der Dunkelheit erreichen. Sie erblickt das Meer, eine Brücke führt über die Sumpflandschaft, wo Kinder mit Fangnetzen spielen. Ein Stück weiter liegen Boote auf dem Sand. Als sie beim Campingplatz ankommt, hört sie sehr laute Musik. Es ist Tanzabend. Ricky Martin im Wechsel mit 2Be3. Niemand tanzt unter den bunten Girlanden. Es riecht nach Pommes frites und Bratwürstchen. Der Typ hinter dem Schreibtisch an der Rezeption läßt sie lediglich ihren Namen in den Anmeldezettel eintragen. Er begleitet sie zu ihrer Parzelle. Ich gebe Ihnen einen Platz neben jungen Leuten, sagt er augenzwinkernd. Lili ist ein bißchen nervös. Sie blickt sich um, bemerkt die behaglichen Wohnwagen mit Vordach, unter dem sich alte Leute pastisschlürfend *Spiel ohne Grenzen* ansehen. Ein Hund läuft auf sie zu. Beinahe wäre sie auf ihn draufgetreten. Zwei Jugendliche mit fast kahlrasierten Schädeln kommen auf Mopeds angeknattert. Die Auspuffe sind frisiert. Sie tragen glänzende Trainingsanzüge aus

Acryl. Sie starren Lili an. Dann steigen sie in einen Wohnwagen, kommen mit einem Sechserpack Kronenbourg wieder heraus und sehen Lili beim Zeltaufbauen zu.

Mit ihrer Taschenlampe bewaffnet, verläßt Lili den Campingplatz. Auf der Tanzfläche dreht ein Pärchen in Trainingsanzug und Flip Flops ganz allein seine Runden zu einem Song von Phil Collins. Es ist ein Slowfox. Lili hat einen Kloß im Hals, ohne zu wissen, warum. Sie läuft ans Meer. Sie setzt sich in den Sand. Der Himmel ist sternenübersät. In der Ferne die Lichter von Carteret, dem Hafen, dem Restaurant, den zwei Pubs. Am Strand kommen grüppchenweise junge Leute vorbei und fragen sie, ob sie *shit* hat oder welchen haben möchte. Sie sagt ja. Lili raucht einen Joint und schläft dabei ein.

Merkwürdige Geräusche wecken sie. Gekeuche. Lili knipst ihre Taschenlampe an und richtet sie auf eine sich bewegende Masse. Ein Pärchen liebt sich gerade. Oh, Entschuldigung, ich habe euch nicht gesehen. Nein, das ist unsere Schuld, antwortet der

Typ leicht verlegen. Lili geht zurück zum Campingplatz, ihr ist kalt.

Lili schläft nicht. Die Clique von Jugendlichen nebenan hat beschlossen, daß vor Sonnenaufgang niemand schlafen soll. Ferien ohne durchgemachte Nächte sind keine Ferien. Sie nicken immer wieder ein und reden pausenlos, um sich wachzuhalten. Das machen sie schon mehrere Nächte so. Da sie sich nichts mehr zu sagen haben, geben sie ein Thema vor. Einer sagt das Wort »Auto«. Und dann nennt reihum jeder ein Modell, bis ihre Autokenntnisse erschöpft sind. Zum Schluß, als ihnen die Themen ausgegangen sind, zählen sie »alltägliche Konsumgüter« auf. Vor Lilis Augen ziehen die Barcodes vorbei.

Die Nächte auf dem Campingplatz *Les Bosquets* sind kurz. Als sämtliche Gesprächsthemen erschöpft waren, sind Lilis Nachbarn endlich eingeschlafen. Das muß gegen fünf Uhr morgens gewesen sein. Lili hat inzwischen zwei der drei mitgebrachten Romane verschlungen. Sie fragt sich, ob es in Portbail eine Buchhandlung gibt. Portbail selbst kennt sie nicht, nur die Umgebung, die Region. Kurz vor acht Uhr morgens ist Lili von ihren anderen Nachbarn, den Alten, geweckt worden. Von Vorzelt zu Vorzelt wünscht man sich einen guten Morgen, man tauscht Tips für die Dreierwette aus, ruft seinen Hund zurück, fragt, ob sich die Wolken verziehen werden. Sie trödelt zu den Duschen, wo man in Wasserlachen und Shampoodüften Schlange steht. Lili hat es nicht eilig. Bis Portbail sind es nur fünf Kilometer, sie hat Angst davor, Loïc zu finden oder, besser gesagt: ihn nicht zu finden.

Die Duschen sind eiskalt. Und auch ein bißchen schmutzig. Lili würde gern baden gehen. Sie fragt sich, ob der Ärmelkanal nicht zu kalt ist. Auf dem Weg zu den sanitären Einrichtungen ist sie Leuten mit Tellern voll Sardinen und großen Schüsseln voll Pommes frites begegnet, sie waren unterwegs zu den Mülltonnen und Spülbecken. Unter den Vorzelten werden Bohnen enthülst. Es ist neun Uhr morgens. Neben ihr stößt eine Frau leise, hysterische Schreie aus. Lili hebt den Kopf. Über die offenen Duschkabinen beugen sich zwei Bengel im Schlafanzug, zwei von der pfiffigen Sorte, und schauen den Mädchen feixend beim Duschen zu. Ihre Blicke richten sich auf Lili, die nichts sagt, die sich Zeit läßt, vor Kälte bibbert, ohne es sich anmerken zu lassen, die Augen schließt. Den Bengeln vergeht das Feixen.

Lili fährt die Küstenstraße oberhalb von Carteret entlang. Die Scheiben sind ganz heruntergekurbelt, die Straße steigt jäh an, führt an weißen Holzzäunen und Häusern vorbei, großzügig wie Landsitze. Auf der einen Seite rückt der kleine Hafen in die Ferne, auf der anderen nähern sich die Dünen, zeichnet sich der sehr lange Strand ab, an dem ein Badeanzug überflüssig scheint. Horden von Kindern aus der Ferienkolonie gehen dort spazieren, stapfen die sandigen Hänge hinauf, rutschen auf dem Hintern wieder hinunter, verstecken sich hinter den eingestürzten Mauern einer Kapelle oben in den Felsen, auf einer kleinen Anhöhe, die Ebbe und Flut überwacht. Weiter weg wird auf dem freigelegten nassen Sand Fußball gespielt, fischen Kinder mit Käschern oder rennen kreischend ins Wasser.

Lili parkt das Auto oberhalb vom Strand. Sie nimmt ihre Tasche und geht den Weg zum kalten Sand hinunter. Es wimmelt von großen, weißen Flöhen. Nur Normannen bringen es fertig, sich da hineinzusetzen. Lili geht noch ein Stück weiter und breitet ihr Handtuch auf dem Dunklen, Feuchten aus. Das ist zwar unangenehm, aber zumindest gibt es hier weniger Ungeziefer. Sie macht komische Verrenkungen, als sie, in das Frotteetuch gewickelt, den Badeanzug anzieht. Hier ist so gut wie niemand, und trotzdem hat sie das Gefühl, daß alle zu ihr herschauen und einen Blick auf ein Stückchen nackter Haut erhaschen wollen. Als sie fertig ist, trabt sie zum Wasser, in das sich gerade zögerlich eine Gruppe von Jungen und Mädchen ihres Alters oder kaum älter wagt. Starr vor Staunen und schlotternd sehen sie zu, wie sie die Fluten teilt, eintaucht und losschwimmt, als kümmerten sie die tosenden großen Wellen nicht, die die anderen umzureißen drohen. Lili schwimmt geradeaus, ohne anzuhalten. Sie erreicht die Bojen, läßt sie zurück. Weit hinter ihr am Strand hat es niemand gewagt, tiefer als bis zu den Knien hineinzugehen. Das Wasser ist eiskalt und brennt. Lili schwimmt weiter. Sie hört nur undeutlich den Typen, der den Strand überwacht. Mit Hilfe eines Megaphons fordert er sie auf, in den bewachten Schwimmbereich umzukehren. Die orangefarbene Fahne ist gehißt. Der Typ nimmt sein Fernglas und verfolgt ihre schnurgerade Bahn. Ab und zu sieht er, wie Lili eine Pause macht und sich einen Moment auf dem Rücken treiben läßt, dann schwimmt sie weiter. Zwanzig Minuten sind vergangen. Lili kehrt um und erreicht, immer langsamer werdend, die Bojen. Lili ist erschöpft. Sie ist es nicht gewohnt, im Meer zu schwimmen. Als sie schließlich aus dem Wasser kommt, starren sie die in ihre Handtücher gewickelten verfrorenen Badegäste, ein paar Spaziergänger und Kinder an und schauen ihr wortlos, verblüfft hinterher. Wankend erreicht sie ihr Stückchen Strand. Der Strandwärter kommt wütend angerannt, während sie, die Nase im Frotteetuch, sich zusammenkauert und fast einschläft. Der Typ redet zu laut und zu schnell, gibt zu viele Ratschläge in vorwurfsvollem Ton. Lili schöpft Atem, antwortet nicht. Lili ist leer. Reingewaschen. Wie neu. Sie schläft ein. Ein Ball prallt ihr gegen das Gesicht. Sie hat eine Stunde geschlafen. Ein großer, dunkelhaariger Typ entschuldigt sich. Nichts kaputt? Lili schüttelt den Kopf, sagt »nichts passiert« und bedankt sich sogar bei ihm. Sie hat zu lange geschlafen.

Lili bricht auf, sie geht, Kekse knabbernd, zum Parkplatz zurück. Sie beschließt, durchs Landesinnere zu fahren, und hält sich in nördlicher Richtung, um zur Küste zurückzugelangen und den schmalen, ständig auf- und abführenden Straßen zu folgen, links der Bocage, die Schafe, die Weizenfelder, rechts unterhalb der Steilküste das Meer. Ein Stückchen weiter, von Kieseln gesäumt, das Ende der Welt, das Gefühl, daß sie niemals weiter weg sein wird. Selbst wenn sie ganz allein Tausende von Kilometern entfernt wäre, könnte das Gefühl, am äußersten Rand der Welt zu sein, nicht stärker sein. Man könnte sich ins Wasser fallen lassen und in Ruhe sterben, sagt sich Lili. In ihrem K-Way, in dem sie fast versinkt, geht Lili endlos am Wasser entlang, der Wind bläst von der Seite, nicht weit die Schafe, das niedrige Gras. Dann fährt sie weiter und überlegt, daß Loïc hier bestimmt gefunden hat, wonach er suchte, diesen neuen Ort, den sie schon immer kannten. Lili hat das starke Gefühl, daß sie sich hier, an ihrem äußersten Rand, an ihrem nahen Ende, ja, in ihrer Zurückgezogenheit genau wie Loïc – weil sie gleich sind, identisch – als Teil der Welt fühlen könnte.

Sie weiß, daß Loïc nicht mehr von hier weggehen wird, daß, wäre sie ihm nicht entgegengereist, eine Postkarte auf die andere folgen würde, und alle würden einen Stempel von hier oben tragen, von La Hague, Portbail oder sogar einem Ort weiter südlich, ganz egal.

Früher Nachmittag. Paul wartet unten an der Treppe auf Irène. Sie sind ein bißchen in Sorge, weil Lili noch nicht angerufen hat, wie es ihr geht, wie die Fahrt war, wie sie die Landschaft der Creuse findet, Flüsse inmitten bewaldeter, sehr grüner Talmulden voller Kuhherden. Paul läßt sich nichts anmerken, beruhigt Irène, dabei wartet er selbst auf diesen Anruf. Er wird nicht abnehmen, wird ihre Stimme nicht hören. Das Wissen, daß sie angerufen hat, wird ihm genügen. Wenn er ans Telefon ginge und sie am anderen Ende der Leitung wäre, wüßte er sowieso nicht, was er sagen sollte, außer vielleicht, ich liebe dich, aber das tut man nicht. Irène macht sich oben zurecht, als gingen sie aus, zu einem Abendessen oder ins Theater. Während er auf sie wartet, betrachtet Paul prüfend die Wände, ein paar Risse, die abblätternde grüne Farbe an der Tür. Genaugenommen müßte das Haus komplett renoviert werden. Irène kommt die Treppe heruntergerannt, jedenfalls fast.

»Hast du das gesehen? So eine Bruchbude. Hier geht aber auch alles den Bach runter.«

»Na ja, jetzt hast du doch alle Zeit der Welt ... Wenn du mit dem Garten fertig bist, kannst du gleich weitermachen.«

Paul arbeitet seit einem Jahr nicht mehr. Vorzeitiger Ruhestand. Produktivitätsgewinn, Stellenabbau, betriebsbedingte Entlassungen. Mit seinen fünfundfünfzig Jahren ist ihm das erspart geblieben: die Arbeitslosigkeit, nachdem er sein ganzes Leben in den Büros ein und desselben Arbeitgebers verbracht hat. Die Arbeit fehlt ihm nicht. Im Gegenteil. Wäre Loïc nicht verschwunden, würde sich Paul wohl fühlen mit seinem beschaulichen Leben an Irènes Seite. Lesen, ein bißchen Gartenarbeit, ein Film im Fernsehen, Musikhören, ein paar Ausflüge nach Paris. Und im Hinterkopf die Idee, wegzuziehen, ein vager Plan, den man vielleicht nie in die Tat umsetzt. Vielleicht in den Süden, zu den Pinien, den sonnigen Terrassen, den versengten Gärten, der Trägheit, den Mäuerchen, dem Lavendel, den staubtrockenen Steinen, den Eidechsen. Vielleicht, wer weiß? Lili würde sie in den Ferien mit ihren Kindern besuchen kommen. Dann gäbe es dort Gelächter, Spiele, Dreiräder im Staub.

Irène tritt aus dem Haus. Paul schließt die Tür. Ihm ist plötzlich sehr kalt. Langsam durchqueren sie die Wohnanlage und gehen am Wald entlang. Kurz vor ihrem Ziel kaufen sie einen Blumentopf. Leuchtende, stark duftende Blumen.

Lili ist seit drei Tagen da. Sie hat wenig geschlafen, ist viel spazierengegangen und durch die Gegend gefahren, ohne sich Portbail wirklich zu nähern. Sie hat sich den Wind ins Gesicht wehen lassen, hat sich hinter den Felsen versteckt, um sich auszuziehen und in ihren Badeanzug zu schlüpfen. Sie ist lange im Wasser geblieben, hat sich von ziemlich hohen Wellen, auf denen andere mit gelbem, welligem Haar surfen, forttragen lassen. Erst als sie taub vor Kälte war, ist sie zum Strand zurückgekehrt und hat zugesehen, wie die Tropfen auf ihrer Haut hinabglitten oder sich ausbreiteten. Manchmal sogar platzten. Sie ist am Wasser entlanggegangen, selbst wenn es regnete. Sie mochte das, das Meer im Regen, der Himmel ein bißchen niedrig, der Wind, diese Ahnung von Melancholie, von leiser Sehnsuchtsmonster. Wir sind Sehnsucht, hat Loïc oft gesagt.

Eines Tages hat Lili in seinen Aufzeichnungen folgenden Satz gefunden: »Schon als Kind war ich voller Sehnsucht, bloß wonach?«

Portbail macht nicht viel her, es liegt mitten im Wattland, am Rand des Ozeans. Es ist weniger ein Touristendorf als ein Ort zum Leben, wo man das Gefühl hat, dem wahren Leben nahezukommen, der »Wahrheit der Dinge«, wie es in dem Lied heißt. Was tut man am späten Nachmittag, wenn man endlich, mit salzigem und noch feuchtem Haar, in Portbail ankommt, ohne Eile, weil man noch auf den richtigen Moment wartet? Lili sitzt in einer Ecke der Bar. Sie ißt in Ruhe. Sie beobachtet, sucht mit den Augen nach Loïc oder einem jungen Mann, der ihr gefallen könnte, der an diesem sonnigen Nachmittag einfach so an der Terrasse unweit der vertäuten Boote vorbeigeht, während sie mit kleinen Schlukken ihr dunkles Bier trinkt.

Das Lokal ist voll, deshalb setzt sich jemand ihr gegenüber. Bestellt etwas zu essen, mustert sie verstohlen.

»Sind Sie in Ferien?«

»Ja.«

»Sind Sie ganz allein?«

»Ja.«

»Ich auch. Gefällt Ihnen die Gegend?«

Lili zögert, ihm zu sagen, was sie hier wirklich empfindet. Dieses gleichzeitig ganz neue und ganz alte Gefühl von Verwurzelung. Und auch diese Eindeutigkeit. Sie antwortet einfach nur ja, hat Angst, sich zu verhaspeln, nicht zu wissen, wie sie es ausdrücken soll. Loïc hätte es gewußt.

»Ich mag sie auch sehr. Ich habe eine Menge Photos gemacht. Möchten Sie sie sehen?«

Lili wagt nicht, nein zu sagen. Sie sagt nicht, daß ihr die Urlaubsphotos von diesem Typen völlig egal sind … Er holt ein großes Album hervor.

»Ich bin schon einen Monat hier, deshalb …«

Von Salzluft und Regen gegerbte alte Seeleute, einsame, schimmernde Häfen, am Strand spielende Kinder, Rentner in Shorts mit der Nase im Wind, mitten im Nirgendwo aufgestellte Schilder. Sie erkennt den äußersten Rand der Welt, ihren Rand, sie erkennt den Ort wieder, aber auch das Gefühl, das sie dort hatte. Die Photos sind alle in Schwarzweiß. Oft reicht das schon, um Eindruck zu machen, um »künstlerisch zu wirken«, aber in diesem Fall trifft das nicht zu. Lili meint eine gewisse Aufrichtigkeit zu erkennen, einen Blick, der zwar direkt, aber auch voller Demut, Distanz und Zurückhaltung ist. Sie sieht zu dem jungen Mann auf, feine Züge und schmales Gesicht, schwarze Haare und leicht glänzender, fast bebender Blick.

»Zeigen Sie Ihre Photos allen Leuten, einfach so?«

»Nein. Ich dachte nur, sie könnten Ihnen gefallen.«

Einen Moment lang hat Lili an Loïc gedacht. Dieser Typ ähnelt ihm. Oder vielmehr: er *erinnert an ihn.* Seine Art, sich zu geben, zu sprechen, vielleicht ….

Nach dem Abendessen wandert Lili ein bißchen allein durch die Straßen. Sie hat zu dem jungen Photographen gesagt, daß sie vielleicht später noch auf ein Glas vorbeikommt. Er hat gesagt, daß er auf sie wartet. Bevor sie hinausgeht, schaut sie sich im Saal um, betrachtet prüfend die Gesichter. Sie geht in den ersten Stock hinauf. Hier ist es laut und verraucht, riecht nach einem Gemisch aus Cidre und Bier. Sie geht wieder hinunter, verläßt die Bar, ohne sich umzudrehen, und stellt überrascht fest, wie frisch es plötzlich geworden ist. Sie holt einen kleinen schwarzen Pullover aus dem Auto, dreht eine Runde durchs Dorf, was schnell geschehen ist, geht hinter der Kirche vorbei und marschiert im Scheinwerferlicht der Autos zum Hafen. Sie läuft umsonst, blickt nur aus Prinzip um sich herum. Sie spürt, daß sie ihm nicht begegnen wird. Jedenfalls nicht heute abend. Sie macht kehrt. Als sie die Tür aufstößt, legt der Photograph gerade den Arm um ein ziemlich billig aussehendes Mädchen, steiler Po und, dazu passend, ein kleines, weißes, enganliegendes Oberteil mit tiefem, rundem Ausschnitt. Sie ist groß, blond, sonnengebräunt und hat sich wohl in der Himmelsrichtung vertan, scheint La Hague mit Saint-Tropez, Cherbourg mit Nizza, Portbail mit Saint-Raphaël verwechselt zu haben. Vor ihr liegen die Photos ausgebreitet, die sie kaum ansieht, während sie immer wieder dümmlich sagt: Das hier ist schön, das hier ist schön.

Lili ärgert sich über sich selbst, weil sie ihn mit Loïc verglichen hat, weil sie nicht gemerkt hat, daß der Typ ein Anmacher, Schwätzer, ein Ranschmeißer ist. Andererseits hatte er aber auch schweigen können, und diese zurückhaltende Art, sich auszudrücken. Vielleicht urteilt sie ein bißchen vorschnell. Dieser Typ hat das Recht, sich einsam zu fühlen und mit einer Blondine zu flirten, wenn ihm danach ist. Obwohl er weiß, daß es ihm nichts bringt, obwohl er die Grausamkeit am Morgen danach vorausahnt. Man hat schließlich das Recht, sich zu irren, sogar absichtlich.

Als Lili zurückkommt, ist die Zufahrt zum Campingplatz geschlossen. Sie läßt das Auto draußen auf dem Parkplatz stehen und versucht, sich ohne Taschenlampe im Dunkeln zurechtzufinden. Am Durcheinander rings um ihr Zelt, dem Geschimpfe, Gerülpse, Flaschengeklirr, dem penetranten Geruch einer erst vor kurzem beendeten Grillparty, spürt Lili, daß ihr eine schlechte Nacht bevorsteht.

»Hurenbock.«

»Sag das noch mal.«

»Hurenbock.«

»He, Mann, ich schlag dir die Fresse ein.«

»Na los, versuch's doch.«

»Hau ab, sag ich, sonst schlag ich dir die Fresse kaputt.«

»Und wenn schon.«

»Hau ab, verdammt. Laß mich los. Faß mich nicht an. Faß mich bloß nicht an.«

»Verdammt, die Drecksau hat mir die Nase gebrochen ...«

Aufflammende Lichter, Einschreiten der Alteingesessenen, Stammgäste auf dem Campingplatz, auf Schlägereien jugendlicher Mopedbesitzer spezialisierte Schlichter. Der eine Typ brüllt, daß er blutet wie die Sau, der andere sagt, er hat es darauf angelegt. Dann wird alles ruhig. Die Nacht kann beginnen. Lili steckt den Kopf aus ihrem Igluzelt. Es ist schon fast hell.

Paul öffnet das Garagentor. Es ist noch kühl, die Sonne fahl, und in der Luft hängt ein Geruch nach verbranntem Laub, nach Septembernebel in der Vorstadt. Der flaschengrüne Clio will nicht anspringen. Paul läßt ihn mit laufendem Motor auf dem Gehsteig stehen. Er schließt das quietschende Tor und geht zu Irène in die Küche, wo in dem kleinen Radio gerade die Nachrichten laufen. Irène wikkelt die belegten Brote in Alufolie und steckt sie in eine Plastiktüte. Sie packt noch zwei Nektarinen, eine Wasserflasche und ein Päckchen Kekse von Saint Michel mit ein. Sie reicht Paul die Tüte, und er stellt sie neben sich auf den weißen Tisch. Er nimmt Irène in den Arm. Sie drücken sich wortlos, sehen sich zärtlich an. Paul wischt mit dem Finger behutsam eine Träne von Irènes Gesicht, dann verläßt er den Raum und holt im Wohnzimmer eine Kassette von Jacques Brel, dem einzigen Sänger neben Barbara, für den sich Loïc, Lili, Irène und er gleichermaßen begeistern. Lieber noch als seine Chansons mochte Loïc ihn reden hören. Er hatte ein knappes

Dutzend Kassetten mit Interviews. Paul hat wiederholt versucht, auf ihnen eine Erklärung für den Weggang seines Sohnes zu finden. Es gab zu viele, und keine schien die entscheidende zu sein. Oder waren es alle.

Paul winkt Irène zu. Bis heute abend. Und fahr vorsichtig. Der Clio fährt los. Irène geht zurück ins Haus, macht sich einen Kaffee. Lange schaut sie, die Hände um den dampfenden Bol gelegt, aus dem Fenster, wo der Regen am grünen Laubwerk rüttelt. Paul fährt, ohne sich dessen wirklich bewußt zu sein, den Blick ins Ungefähre gerichtet, mit mechanischen Gesten.

Es ist der vierte Tag, Lili fährt einfach drauflos, jedenfalls fast ... Grobe Richtung ist Cherbourg, sie folgt kleinen Straßen, die mitten durch den Bocage führen. Die Landschaft ist sehr schön, man weiß sich vom Meer umgeben. Nach einer Weile werden die Wiesen seltener und weichen besser ausgebauten Straßen, an deren Rand sich schiefe Kilometersteine aus Beton langweilen. Hier herrscht eine Trostlosigkeit, gegen die auch die wenigen Kilometer nichts ausrichten können, die einen noch vom Meer, vom Hafen oder von Cherbourgs nichtssagendem Stadtzentrum trennen. Grau wetteifert mit Trübsal, Muffigkeit mit Häßlichkeit. Cherbourg ist eine Stadt ohne Reiz, ohne jeden Charme. Das berühmte Regenschirmgeschäft ist ein grüngestrichener Metallkasten. Schnell hat man die Runde durch die lieblos eingerichteten Läden mit den allzu abweisenden Schaufenstern gemacht. Lili betritt einen Kiosk, um ein Päckchen Craven A light zu kaufen. Beim Hinausgehen erkundigt sie sich leichthin, wo das Stadtzentrum ist. Die sichtlich beleidigte Verkäuferin scheint sich zu fragen, ob das ein Witz sein soll, eine fiese ironische Bemerkung. Aber nein, Lili will wirklich wissen, wo das Zentrum von Cherbourg ist. Lili geht einen Kaffee trinken. Ein Typ in Lederhose reagiert sich an einem Flipper ab. Ein Jugendlicher in Jeans kritzelt ein paar Worte in ein Heft. Lili raucht eine Zigarette. Sie spürt, daß heute der richtige Tag ist, daß sie nur wieder ihren Posten in der Nähe des Ärmelkanals, im Schatten eines Möchtegernpubs am Ortseingang von Portbail beziehen, regelmäßig den Platz wechseln und bei jedem Sonnenstrahl oder jeder Wetteraufhellung auf die Terrasse umziehen muß, Loïc wird vorbeikommen, mit eiligem Schritt und etwas ernstem, bärtigem Gesicht. Sie fährt in aller Ruhe, ohne Hast, an der Küste entlang zurück. Portbail ist wie ausgestorben. Ein, zwei sehr schöne Häuser sehen aus, als könnte man darin leben. Auf der Terrasse ißt Lili Muscheln in Sahne-Weißwein-Soße. Der Photograph lichtet sie im Profil ab. Lili hat ihn nicht bemerkt. Er sie schon.

Paul schlägt die Tür zu. Der Wind zerwühlt ihm die Haare. Die Sonne überrascht ihn. Langsam geht er die Straße entlang. Er atmet die Seeluft ein. Hier fühlt er sich wohl. Seine Hände stecken in den Taschen, über ihm kreisen ein paar Möwen. Er zündet sich eine Zigarette an und betrachtet die sacht schaukelnden Boote. Dann macht er kehrt und geht zurück ins Dorf. Am Platz, zwischen einem Lebensmittelgeschäft und einer Metzgerei, gibt es einen Kiosk, wo man Zeitungen und Postkarten kaufen kann. Paul zögert lange, wählt mit Bedacht eine aus, auf der Heidelandschaft und Ozeanküste zu sehen sind. Er kauft auch eine Briefmarke und einen Umschlag.

Er sitzt auf der Mauer, schreibt mit großer Sorgfalt, steckt die Karte in den Umschlag und klebt die Marke darauf. Bestimmt schreibt er auch die Adresse auf das Kuvert. Er richtet sich auf, blickt einem Vogel hinterher, atmet tief ein, schaut in die Sonne und reibt sich die Augen. Er steht auf, geht zurück zum Dorfplatz, wo ein gelber Briefkasten steht. Zielort: Paris. Auf dem Weg zum Auto kommt er wieder am Pub vorbei, wo sich auf der Terrasse zwei junge Leute gegenübersitzen und zu Mittag essen. Er bemerkt sie nicht. Sein Blick ist aufs Meer gerichtet. Er würde gern noch ein bißchen bleiben, an der Küste entlangschlendern, die Landstriche wiedersehen, die er zehn Tage zuvor mit Irène entdeckt hat. Sie hatten sich in einem kleinen Hotel einquartiert. Für zwei Tage, einfach so, damit Irène den Ort kennenlernte, ihn akzeptierte. Er legt einen Schritt zu. Irène macht sich bestimmt schon Sorgen, er hat ihr versprochen, bis sechs Uhr zurückzusein.

Lili ist nicht aufgestanden, ist ihrem Vater nicht hinterhergelaufen. Zuerst hat sie geglaubt, ihn zu erkennen. Eine vage Ähnlichkeit zweifellos, die Gestalt, der Gang. Wenige Minuten später ist er wieder vorbeigekommen, und da war sie sich nicht mehr so sicher. Der Photograph saß ihr gegenüber. Er hat ihr ein bißchen aus seinem Leben erzählt, ohne Angeberei, ohne Eitelkeit. Sie haben sich über dies und das unterhalten, über Landschaften, Bücher, die sie mögen. Er muß bald zurück nach Paris. Lili hat ihm vorgeschlagen, ihn im Auto mitzunehmen. Sie will in zwei Tagen zurückfahren. Paul ist ein drittes Mal vorbeigekommen. Sie ist ihm mit Blicken gefolgt. Sie hat gesehen, wie er den Umschlag in den mit Vogelkacke gesprenkelten gelben Briefkasten geworfen hat. Da hat es ihr leicht die Kehle zugeschnürt. Sie hat dem jungen Mann ihr gegenüber nicht mehr richtig zugehört. Sie hat sich damit begnügt, ihm zuzustimmen, leicht mit dem Kopf zu nicken. Ein letztes Mal ist ihr Vater vorbeigekommen, die Augen ins Leere gerichtet. Dann hat sie gesehen, wie das Auto vorbeifuhr, kurz zögerte und schließlich in Richtung Barneville-Carteret abbog. Lili hat ihre Sonnenbrille aufgesetzt. Der junge Mann hat gefragt, ob alles in Ordnung ist. Ja, alles in Ordnung. Wir reisen doch schon morgen ab, das ist mir lieber, glaube ich. Bevor wir nach Paris fahren, können wir noch ein wenig die Küste entlangfahren, in Richtung Norden. Wir werden das Werk von La Hague sehen. Wir gehen ein bißchen schwimmen. Das Wasser wird kalt sein, und wir werden uns wie Eiswürfel fühlen. Wir werden uns kreischend in die hohen Wellen werfen, und ich werde in deinen Armen landen. Am Strand wirst du mich mit dem großen Frotteetuch abtrocknen. Du wirst dich entschuldigen, wenn du meine Brüste, meinen Po streifst. Wir werden uns gegenseitig jagen. Wie durch Zufall wird es uns hinter die Felsen verschlagen, wo uns niemand sieht und von wo aus wir niemanden sehen. Wir werden uns festhalten, einander gegenüberstehen. Du wirst mit einem Finger über mein Gesicht streichen, eine Strähne beiseite schieben, bevor du mich küßt. Deine Finger werden meinen Rücken hinabgleiten. Du wirst einen Träger abstreifen. Dein Mund wird sehr heiß sein auf meinen Brüsten, auf meinem Bauch, auf meinem Geschlecht oder darin, ich werde es nicht mehr richtig unterscheiden können. Irgendwann werde ich ohne Grund zu weinen anfangen. Du wirst mich fragen, warum ich weine, und ich werde dir nicht antworten. Wenn wir dann weiterfahren, wirst du am Steuer sitzen, und mit einem langen Schluchzer, einem endlosen Schlucken werde ich dir sagen, wie sehr ich meinen Vater liebe, wie außergewöhnlich das ist, was er für mich getan hat, wie sehr er zu mir hält, daß er das getan hat, ohne je ein Wort zu sagen. Ich werde dir sagen, daß mich mein Vater dadurch gerettet hat oder vielleicht auch nicht, denn jetzt, wo ich es weiß, wo ich mir vorstelle, wie er sich beinahe jede Woche ins Auto setzt und aufs Geratewohl irgendwohin fährt, einen Ort auswählt, der ihm zusagt, eine Postkarte kauft, Mein Schwesterherz, mir geht es gut, draufkritzelt und wieder zurückfährt und so tut, als würde er nicht sehen und nicht mitbekommen, daß ich diese Briefe kriege und daß ich beim Lesen denke: Meinem Bruder geht es gut, meinem Bruder geht es gut, er lebt und denkt immer an mich, jetzt, wo ich diese phantastische Lüge kenne, also jetzt weiß ich nicht, wie es mit mir weitergehen soll. Du wirst sagen, vielleicht bist du jetzt geheilt, geheilt von der Abwesenheit deines Bruders. Ich werde nein sagen, ich werde dir sagen, daß ich nur weiterleben konnte, weil ich diese Nachrichten von ihm bekam, weil ich wußte, daß ich bald wieder mit ihm zusammensein würde, daß sich unsere Wege irgendwann, in Stunden oder Tagen, zwangsläufig wieder kreuzen würden. Ich werde dir sagen, daß ich vor einem Jahr schon sterben wollte bei dem Gedanken, daß mein Bruder weg ist, daß er vor meinem Vater, meiner Mutter und sogar vor mir weggelaufen ist, weil er mir kein Lebenszeichen schickte. Ich werde dir sagen, daß ich es vielleicht nicht hinkriege, mit seinem jetzt so vollständigen Verschwinden zu leben, mit seinem Schweigen, mit der Ungewißheit, dem Zweifel, was aus ihm geworden ist, der Frage, ob er überhaupt noch lebt. Du wirst am Straßenrand halten, um mein Gesicht in die Hände zu nehmen und mich auf die Stirn zu küssen.

Bei der Rückgabe des Leihwagens hat sie der Typ gefragt, ob alles gutgegangen und wo sie denn nun hingefahren ist. Nach Portbail? Da haben Sie bestimmt gefroren, auf dem Campingplatz. Lili hat nichts geantwortet. Sie hat die Schlüssel abgegeben und ist in der Métro verschwunden. Rue des Martyrs, keine Nachricht auf ihrem Anrufbeantworter. Auf dem Heimweg ist sie bei Shopi vorbeigekommen. Nadia war nicht da. Sie ist hineingegangen, hat ein paar Sachen für ein Abendessen zu zweit gekauft. Mit zwei randvollen Plastiktüten ist sie wieder herausgekommen. Sie waren ziemlich schwer, und die Schlaufen schnitten ihr in die Handgelenke. Zu Hause hat sie alles in den Kühlschrank geräumt und nichts vorbereitet. Er hatte zu ihr gesagt, kauf du die Zutaten, und ich koche dir was. Sie hat sich ausgezogen und geduscht. Sie hat geweint.

Lili hat einen leichten Rock und ein nicht zu auffälliges T-Shirt angezogen. Sie hat sich kaum geschminkt, hat die Haare hochgesteckt, so daß ihr Nacken zu sehen war, jedenfalls fast.

Lili hat überall Kerzen angezündet. Sie hat eine dezente, sehr schöne CD eingelegt, Madredeus. Er kommt mit einem Blumenstrauß und zwei Flaschen Rotwein, empfohlen von Jean-Luc Pouteau, dem besten Sommelier der Welt, für jeden eine, sagt er lächelnd. Er trägt einen schwarzen Pullover mit V-Ausschnitt über einem weißen T-Shirt, eine braunkarierte Hose, eine leuchtendblaue, mit Photoalben gefüllte Umhängetasche. Sie sitzen nebeneinander auf dem Sofa. Sie blättern in den großen Alben, die vor ihnen auf dem niedrigen Tisch liegen. Lili sagt nichts, nickt lediglich, wenn er umblättern kann. Er schaut sich um, wendet sich wieder seinen Photos zu und trinkt einen Schluck Whisky. Die Fenster stehen offen, und von Zeit zu Zeit sind Stimmen zu hören oder verschiedene Musikfetzen, die nicht zueinanderpassen. Ein Hund bellt, ein Kind plärrt. Die Schwarzweißphotos haben jede Menge schattiger Winkel, ein sehr weißes Weiß, ein sehr schwarzes Schwarz oder, genau das Gegenteil, eine Palette von Grautönen ohne Extreme. Sind die Bilder in Farbe, wirken sie beinahe pointillistisch, ohne daß man sagen könnte, wie dieser Effekt zustande kommt. Es sind häufig Kinder zu sehen, Kinder, die eine immense Sehnsucht ausstrahlen. Nein, diese Sehnsucht geht von uns aus. Das ist so. Antoine photographiert mehr die Kindheit als die Kinder, daher die Sehnsucht. Lili überlegt, wie sie es sagen, es formulieren könnte. Loïc hätte es gekonnt. Aber Loïc … Sie sagt es ungeschickt, zögernd. Genau so ist es, sagt Antoine. Genau das versuche ich. Sie spricht über die Winkel, über das Spiel mit Licht und Schatten, die Serien rührender alter Leutchen, die Wirkung des Wassers und den Eindruck, daß diese Photos von einem Reisenden gemacht wurden. Von jemandem auf der Durchreise. Nein, das ist es nicht, sagt Lili, eher von jemandem im Exil. Lili sagt, vielleicht gibt es einen Zusammenhang zwischen diesem Eindruck und den Kindheitsphotos. Antoine sagt, ja, bestimmt gibt es da einen Zusammenhang. Lili fühlt sich wie behindert, weil sie nur in Halbsätzen spricht. Loïc hat die andere Hälfte mitgenommen. Oder vielmehr: Loïc hat alle Worte mitgenommen. Ihrer beider Worte. Das ist nicht weiter schlimm, denn Antoine scheint sie trotzdem zu verstehen. Und scheint sich auch verstanden zu fühlen, als reichten zwischen ihnen wenige Worte, als müßten die Sätze nicht beendet werden.

»Sprichst du deine Sätze auch manchmal zu Ende?«

»Nein, schon länger nicht mehr ...«

Sie lachen. Das Telefon klingelt. Es ist Irène.

»Ich wollte nur mal so anrufen, um zu hören, ob du schon zurück bist. War es schön in der Creuse?«

»Ja, ging schon. Es hat ein bißchen geregnet.«

»Aha. Im Wetterbericht hieß es allerdings: jeden Tag Sonne.«

»Ach, du weißt doch, der Wetterbericht ...«

»Und? Kommst du noch die letzten drei Tage zu uns, wie du gesagt hast?«

»Ja, mach ich. Morgen, zum Mittagessen, bin ich da.«

»Ich freue mich. Besser gesagt, wir freuen uns. Bis morgen.«

Lili sagt, Scheiße, ich habe nichts anzuziehen, ich muß eine Waschmaschine anstellen. Antoine folgt ihr ins Bad. Lili stützt den Po leicht auf die Waschmaschine. Ihr Rock ist bis zu den Schenkeln hochgeschoben. Antoine preßt die Hände fest auf ihren

Rücken. Ganz langsam dringt er in sie ein. Lili hat den Kopf leicht zurückgelegt, ihr T-Shirt ist in der Badewanne gelandet, sie müssen lachen.

IV

»Für dich ist ein Brief da«, sagt Irène.

Sie hat damit gewartet, bis sie mit dem Essen fertig waren, wie immer. Bis Paul in den Garten hinausgegangen ist und sich auf einen weißen Stuhl gesetzt hat, um in einem Magazin zu blättern, wo es um ferne Länder geht. Lili hat den Umschlag genommen. Sie hat die Karte herausgezogen und laut vorgelesen: Lili, mein Engel, ich bin immer noch in Portbail, aber nicht mehr lange, glaube ich, mir geht es soweit gut, ich denke an Dich. Irène stehen die Tränen in den Augen. Sie sagt, als würde sie Lili ein Geheimnis anvertrauen: Gib sie mir, ich zeige sie deinem Vater.

»Und warum fahren wir nicht alle drei nach Portbail?« wirft Lili ein.

Sie hat den Satz kaum ausgesprochen, als sie ihn auch schon bereut. Was bringt das?

»Weißt du, er ist bestimmt schon weg. Und wenn er nicht zurückkommt, dann liegt das daran, daß er noch nicht so weit ist, meinst du nicht auch? Er wird zurückkommen, wenn er deinem Vater verziehen hat. Ich meine, wenn er uns verziehen hat, mir und deinem Vater ...«

Man merkt, wie schwer Irène diese Worte fallen.

»Der Kaffee ist fertig«, flötet Irène.

Sie trinken ihn zu dritt im Garten. Nebenan hört man eine Schaukel quietschen. Über der Hecke steigt Zigarrenrauch auf.

»Und? Wie ist die Creuse?«

»Schön.«

»Freunde von dir waren dort?«

»Ja, das heißt eine Kollegin, ihre Eltern haben da ein Haus, ich bin ein bißchen geblieben, aber nicht zu lange, um sie nicht zu stören, weil sie mit ihrem Freund dort ist.«

»Schön, daß du so nette Kolleginnen hast«, sagt Paul.

»Stimmt, das ist schön.«

Die Sonne ist noch warm, die Blumen duften noch ein wenig, und trotzdem merkt man, daß der Sommer zu Ende geht, daß die Ferienzeit vorbei ist. Lili spürt den September durch alle Poren dringen, und hier, in diesem Garten, fühlt sie sich einen Augenblick lang genau wie damals, als sie zur Schule ging. Alles ist identisch. Man könnte meinen, sie würden nach dem Kaffee mit dem Auto zum »Centre Évry 2« fahren und Großeinkauf bei Carrefour machen: ein Federmäppchen, ganz schlicht, aus schwarzem oder braunem Leder, Kulis von Bic oder Reynolds, ein Radiergummi, ein Klebestift, ein Drehbleistift, Päckchen mit gelochten, großkarierten Doppelbögen, kleinkariert für Mathe, ein paar Ordner mit weichem Deckel als Ersatz für die, auf die Lili mit dickem, schwarzem Filzer die Namen von ein, zwei Sängern und den Text eines Liedes, das sie mag, geschrieben hat. Loïc würde von Regal zu Regal wandern und nur das Allernotwendigste auswählen, einen schwarzen Kuli, einen roten Kuli, ein Lineal, einen Bleistift und einen Radiergummi, Papier. Lili würde trotzdem versuchen, einen Kalender von Chipie und ein oder zwei Creeks-Hefte zu kriegen. Irène würde die Artikel umdrehen und betroffen den Preis lesen. Das ist ein bißchen teuer, oder? Lili würde sagen, macht nichts, dann nehme ich eben andere. Das würde Irène dann aber doch nicht übers Herz bringen. Nach dem Carrefour würden sie die Bekleidungsgeschäfte abklappern. Eine neue Jeans, ein modisches kleines Top, ein Pulli, der für die ganze Saison reichen muß, und was den Anorak angeht, wird Lili den vom letzten Jahr weitertragen. Schuhe braucht sie jedoch neue. Irène schlägt ein eher klassisches Modell aus Leder vor, Lili schleppt Sneakers mit Plateausohlen an, sie einigen sich auf Stiefeletten, die gleichzeitig modern und solide sind. Sie fahren nach D. zurück, abends zeigen sie alles Paul. Man merkt, daß er sich einerseits mit den Kindern freuen will und andererseits Angst davor hat zu erfahren, wie teuer alles ist, schließlich brauchen sie ja auch noch Bücher, und Loïc hat keinen auch nur halbwegs anständigen Wintermantel. Der kann bis November warten, bis die erste Kälte kommt. Lili und Loïc geben Paul zum Dank einen Kuß. Es ist ziemlich merkwürdig, sie küssen sich nur selten, nur, um sich zu bedanken, an Geburtstagen, an Weihnachten und abends, wenn Paul aus der Arbeit kommt, da allerdings nur sehr flüchtig, so flüchtig, daß sie sich manchmal gar nicht berühren und es bei der reinen Geste bleibt. Paul arbeitet zu der Zeit. Er fährt jeden Tag mit dem Regionalzug und der Métro, zweieinhalb Stunden Hin- und Rückweg täglich. So hat er Zeit zum Lesen. Er verläßt das Haus morgens immer mit einem Buch in der Hand.

Lili atmet ihn ein, diesen Duft des Schulbeginns. Irène ist ins Haus gegangen und blättert dort in einer Zeitschrift. Paul hat verkündet, daß er mit dem Rad eine Runde durch den Wald fahren will. Er schlägt Lili vor, ihn zu begleiten. Alles klar, du nimmst das Rad deiner Mutter, das fährt gut. Lili hat seit Ewigkeiten nicht mehr auf einem Fahrrad gesessen. Seit Loïc, seit ihren Radtouren am Sonntagvormittag. Abfahrt gegen elf, Rückkehr um dreizehn Uhr. Man deckt den Tisch. Das Sonntagsmittagessen. Das einerseits fröhlich ist, aber auch melancholisch überschattet, denn der nächste Tag steht schon bevor, wieder in die Schule, raus aus dem gemütlichen Zuhause. Nach dem Mittagessen ziehen sie sich in Loïcs Zimmer zurück, machen ihre Hausaufgaben für die kommende Woche, unterbrechen oft, um über andere Dinge zu reden, hören manchmal gar nicht mehr auf zu reden und sitzen noch um elf Uhr abends bei laufendem Radio über einem Aufsatz oder einer Matheaufgabe. Penetranter Suppengeruch, die vertrauten Geräusche des Sonntagabendfilms dringen herauf.

Als sie kleiner waren, machten sie zu dritt Fahrradausflüge, mit Paul. Sie sausten nach D. hinunter, das heißt ins Zentrum, das sonntags wie ausgestorben war, herumfliegende Obstkisten, plattgetretene Tomaten, Überbleibsel des Marktes, der dort morgens abgehalten wird. Sie fahren durch den Seiteneingang neben dem Tor. Es ist eine Art Stadt in der Stadt, ein Dorf im Dorf, wo alles wohlbehütet wirkt. Einstöckige Häuser stehen rund um den See. Schwäne gleiten majestätisch dahin. In den Gärten sieht man verwahrloste Tischtennisplatten, angerostete Gartenmöbel, eine vergessene Strohmatte, einen aus Ziegelsteinen gemauerten Grill, eine Schaukel, Stockrosen. Sie fahren weiter zum Freizeitgelände. Bei Paul und den Kindern heißt es nur »das Gelände«. Damals war alles noch ziemlich verwildert. Keine Minieisenbahn, keine Tennisplätze, kein Minigolf. Nur Seen, schmiedeeiserne Brücken über die Nebenarme der Seine, von denen aus man die Schleppkähne vorbeiziehen sah, nur Holzlatten, weite, leicht gewellte Flächen, Hasenwinkel, Gestrüpp, von Brombeerranken durchwuchertes dichtes Unterholz, stark duftende, von Sommerflieder bestandene Alleen. Sie fahren einmal alles ab, es gibt auch einen Buckelparcours. Dort machen sie ein

Wettrennen. Loïc gewinnt, Paul muß sich anstrengen, mitzuhalten. Lili liegt in der Mitte, sie ist knallrot und stolz, daß sie ihren Vater überholt hat. Das Tollste sind immer die Fußballmatchs. Paul hält Lili und Loïc an den Trikots fest, dann wälzen sie sich im Gras, raufen sich liebevoll, werfen den Ball in hohem Bogen weit weg und jagen hinterher wie Hunde oder Wiesel. Danach sind alle puterrot, atemlos, und sie haben noch die vielen Steigungen auf dem Heimweg vor sich. Die Wollpullis kratzen ein wenig, in ihren Haaren stecken Grashalme, die Knie sind grün. Es riecht nach Abend, ein leichter Geruch nach Rauch, nach Feuchtigkeit und Nebel, wenn es Herbst ist oder Winter, und an Sommerabenden, wie überall sonst auch, nach gewaschenen Blumen, feuchtem Rasen, lauer Luft.

Im Wald, in dem Hunde ihre Herrchen hinter sich her zerren und ein paar junge Pärchen mit Kinderwagen unterwegs sind, folgt Lili Paul schweigend und mit einiger Mühe. Aber die Worte brennen ihr auf den Lippen.

»Papa, ich habe dich in Portbail gesehen.«

»…«

»Das war lieb, weißt du.«

Ein Anflug von Panik in Pauls Blick, der Versuch, Lili in die Augen zu sehen. Ihre Blicke kreuzen sich, aber nur einen Augenblick lang, Paul fängt sich gerade noch und richtet das Rad wieder auf. Er ist gegen eine Wurzel geprallt.

»Das passiert, wenn man beim Fahren nicht nach vorne schaut …«

»Hast du es deiner Mutter erzählt?«

»Wieso, weiß sie es nicht?«

»Doch, natürlich. Ich meine, weiß sie, daß du es weißt?«

»Nein.«

»Keine Sorge, ich werde es ihr sagen.«

»Und sag ihr auch, daß ich ihr dankbar bin.«

»Mach ich. Wie wär's mit einem kleinen Wettrennen?«

Lili fährt im Stehen. Sie tritt mit aller Kraft in die Pedale. Paul duckt den Kopf. Obwohl sie nichts ausgemacht haben, ist klar, daß die Ziellinie auf Höhe der großen Eiche verläuft. Lili überholt Paul. Sie hört ihn keuchen. Sein Gesicht ist knallrot. Sie gewinnt. Sie machen eine Pause. Über den Lenker gebeugt, ringt Paul nach Atem.

»Ich werde älter, meine Kleine …«

»Ach was, Papa. Du bist nicht alt, ich bin jung, das ist es.«

»Lieb von dir. Ich habe nicht gesagt, daß ich alt bin, sondern daß ich älter werde.«

»Papa, ich habe Angst.«

»Wovor?«

»Ich habe Angst, daß Loïc was zugestoßen ist.«

»Ach was. Mach dir keine Sorgen. Wenn ihm was zugestoßen wäre, hätten wir es erfahren. Da, hast du das Eichhörnchen gesehen?«

Automatisch, beinahe ohne es zu merken, kommen Lili und ihr Vater in der Nähe der Wohnanlage heraus. Ein schmaler, schlammiger Weg führt sie aus dem Wald und am alten Schwimmbad vorbei, einem leeren Becken, in dem sich das Laub türmt. An der Kreuzung wird Paul um ein Haar überfahren. Das Auto macht eine Vollbremsung. Die junge Frau hinter dem Lenkrad fuchtelt wild mit den Armen. Paul macht ein bedauerndes Gesicht, steigt wieder auf sein Rad.

»Sag mal, hast du die rote Ampel nicht gesehen?«

»Ich war in Gedanken woanders.«

Lili ist in ihrem Kinderzimmer. Sie blättert in ein paar Comics. Es ist Abend. Ein Nachtlicht dreht sich und wirft Schatten an die Wand. Das Telefon klingelt. Es ist für sie. Es ist Antoine. Das hätte sie nicht gedacht. Daß er nochmal anrufen würde. Sie wird doch sonst nie zurückgerufen.

»Na, alles in Ordnung?«

»Ja, alles okay. Ich komme mir ein bißchen komisch vor. Ich habe das Gefühl, wieder ganz klein zu werden. Wie früher, als ich noch hier wohnte, auch wenn es jetzt ganz anders ist.«

»Weil Loïc nicht da ist.«

»Ja.«

»Hast du mit deinem Vater gesprochen?«

»Ja.«

»Und? Was hat er gesagt?«

»Nichts. Er wirkte erleichtert.«

»Na klar, jetzt spart er sich viele Kilometer.«

»Du bist zu blöd.«

»Komm, das war doch nur ein Witz.«

»Ich glaube, er hatte damit gerechnet, daß ich losheule oder schreie. Daß ich es ihm vielleicht übelnehme. Ich weiß aber nicht, ob er jetzt beruhigt ist. Ich denke, er hat Angst.«

»Glaubst du, er hat einen Grund, Angst zu haben?«

»Um mich, meinst du?«

»Ja.«

»Ich weiß nicht. Im Moment geht's. Ich glaube, ich habe es noch nicht realisiert.«

»Weinst du?«

»Nein, ich spiele Tennis.«

»Wann sehen wir uns?«

»Keine Ahnung, Sonntag abend.«

»Also gut, dann bis Sonntag. Bei dir?«

»Nein, bei dir.«

»Dann muß ich ja aufräumen.«

»Du hast zwei Tage Zeit. Nicht ganz.«

Als sie mit dem Auto zum Bahnhof fahren, fragt Irène Lili nicht, wie sie sich fühlt. Sie sagt nur: Wir hatten nicht einmal Zeit zum Reden. Tatsächlich haben sie wenig geredet. Sie haben sich Ferienfilme angesehen. Paul hat davon gesprochen, daß er sie auf Videokassette überspielen lassen möchte, weil das praktischer ist. Irène hat geglaubt, daß Lili es im Dunkeln nicht sieht, wenn sie weint. Auf der Leinwand flitzten Kinder stumm herum, jagten eine Katze, fuhren Dreirad, spielten auf einem Tennisschläger Gitarre, während Lili sich an einer Lauchstange, die ihr als Mikrophon diente, verausgabte. Loïc blies die Kerzen aus, und der Puderzucker bedeckte das Gesicht von Onkel Jean-Pierre, was haben wir gelacht. Auch Oma war zu sehen, mit ihrem Hund zu ihren Füßen, während sie Essiggurken einweckte und den Kindern beim Spielen zusah. Den Kloß im Hals haben sie sich alle zugestanden. Lili hat an ihre Großmutter gedacht, die Mutter ihrer Mutter. Ein paar Bilder sind vorbeigehuscht. Sie hat sich vor allem daran erinnert, daß ihre bereits kranke Großmutter Dinge sagte wie: Wenn ich wieder gesund bin, gehen wir drei im Park Fußball spielen, wie früher. Lili lächelte ihr liebevoll zu. Sie wußte nicht, wie sie sich verhalten sollte. Sie sah Loïc an, der noch eins draufsetzte und tausend Pläne schmiedete. Das Schlimmste war, daß ihre Großmutter im Gegensatz zu ihnen, und obwohl sie es sicherlich ahnte, nicht die Wahrheit über ihre Krankheit kannte. Sie wußte nicht, daß sie sterben würde. In irgendeinem Winkel ihres Kopfes dachte sie bestimmt, daß sie im Frühling tatsächlich in den Park gehen und Ball spielen würden.

Lili hat sich die Photoalben angesehen. Dutzende mit ihr und Loïc gefüllte Alben. Auch Irène kommt darin vor, manchmal allein, meistens mit den Kindern. Paul nur selten. Nur in den ganz frühen Alben, auf Schwarzweißphotos, auf Polaroids. Paul und Irène dürften da fünfundzwanzig gewesen sein, sie hatten gerade geheiratet. Sie wirken glücklich, gefestigt. Man sieht ihnen an, daß sie das Gefühl haben, das Leben liegt noch vor ihnen. Lili ist noch keine fünfundzwanzig. Aber sie weiß, daß es von ihr nicht solche Photos geben wird. Sie findet das nicht schlimm. Auch nicht traurig. Ihr fällt der Text eines

Liedes ein, das sie mag und das Irène und Paul mit fünfundzwanzig bestimmt nicht gemocht hätten: *À part sortir quand tout est fini, main dans la main de celle qui nous a choisi, il n'y a rien à gagner ici.** Lili singt es gedankenlos vor sich hin, während sie in dieser Jugend blättert, die nicht die ihre ist, die ihr nicht ähnelt und die sie dennoch hervorgebracht hat.

Lili hat nichts zu Irène gesagt. Irène hat nichts zu Lili gesagt. Das Thema ist abgehakt, und als Lili beim Aussteigen danke für alles sagt, wissen beide, was dieses »alles« umfaßt. Wir telefonieren … Bis bald.

* Außer Fortgehen, wenn alles vorbei ist, Hand in Hand mit der, die uns erwählt hat, gibt es hier nichts zu holen. A.d.Ü.

Es riecht nach Sonntagabend, nach Ferienende. Lili verspürt einen kleinen Stich bei dem Gedanken, daß sie bald wieder hinter ihrer Kasse sitzt. Hinter ihrer Kasse oder sonstwo, ob sie nun Konserven verkauft oder Bücher, egal. Das ist nicht das Problem. Das Problem ist, daß man überhaupt etwas tun muß. Und daß man sich »glücklich schätzen darf, angesichts all der Leute, die auf der Straße sitzen«.

Antoine wohnt ganz in der Nähe. Rue Pigalle. Eine schlecht geschnittene Wohnung mit einer offenen Küche und zwei Zimmern, die eigentlich nur eins sind und von einer Siebziger-Jahre-Schiebetür aus Sperrholz getrennt werden. Sie verleiht der ganzen Wohnung einen schäbigen Touch, selbst wenn aufgeräumt ist. Er hat ein Themengericht gekocht, Whisky bei jedem Gang. Salbeinudeln, Pfeffersteak, flambierte Früchte. Mischen ist nicht gut, meint er. Photos hängen bei ihm keine an den Wänden. Nur Gemälde. Reproduktionen, die seine Mutter für ihn gemacht hat: Nolde, Kandinsky, Baselitz. Und ein Gemälde seiner besten Freundin, Julie. Lili zuckt zusammen. Wegen »beste« oder wegen »Freundin«, sie kann es nicht genau sagen. Was ist sie selbst für Antoine? Kurz darauf tanzt sie für ihn. Sie kommt sich ein bißchen lächerlich vor, ein bißchen linkisch, aber Antoine sagt, sie soll weitermachen. Lili sieht, wie das Gespenst der Barcodes ein wenig in die Ferne rückt. Antoine dagegen verfällt immer mehr in diese Ferienendzeitstimmung. Er ist Lehrer. Es ist sein erstes Jahr im Beamtenverhältnis, ohne Rückendeckung durch einen Tutor und mit zwanzig Kindern in Trainingsanzügen vor ihm. Ein paar von ihnen sind schon so alt, daß sie aufs Gymnasium gehen könnten, und sie werden vom ersten Tag an versuchen, ihn zu provozieren. Andere werden ihn nerven, indem sie ihm auf die Pelle rücken, ihm kleine Geschenke machen, sich anbiedern. Antoine hat ein bißchen Panik. Er spürt, daß er eine riesige Verantwortung trägt. Er hat diesen Beruf gewählt, weil er sich nützlich fühlen, etwas Sinnvolles tun wollte. Jetzt hat er mächtigen Respekt davor. Ihm ist klar, wieviel auf dem Spiel steht. Schulisches Versagen, und vor allem die Integration. Er hat Angst, der Sache nicht gewachsen zu sein, am Monatsende zu fluchen, er habe eine Klasse von lauter Nieten übernommen, schnell zum Fatalisten zu werden, weil man gegen das Versagen der Eltern sowieso nichts ausrichten kann. Sie gehen hinaus, eine Runde drehen. Lili wundert sich ein bißchen, daß Antoine zu den paar Nutten hallo sagt, die in der Rue Pigalle, Rue Frochot und Rue Fontaine herumstehen.

»Kennst du sie?«

»Soso, lala.«

»Warst du bei ihnen?«

»Nein, aber ich habe mit der einen oder anderen mal einen Kaffee getrunken.«

»Und worüber habt ihr geredet?«

»Über alles und nichts, übers Wetter. Über schräge Sachen, die man von ihnen verlangt.«

»Und die wären?«

»Ach, nichts weiter. Keine Peitschen, keine Tiere. Nur ein paar Typen, die zerknitterte, schlechtsitzende Anzüge mit Phantasiekrawatten tragen und sich nach dem Büro einen blasen lassen wollen.«

»Und das schockiert dich nicht?«

»Nein, nicht besonders.«

Weiter oben, unweit der Büste von Dalida, reichen sich Lili und Antoine eine Whiskyflasche hin und her. Lili verzieht jedesmal das Gesicht, wenn sie den Flaschenhals packt. Bei ihr in der Wohnung angekommen, schlafen sie ein, kaum daß sie da sind. Sie werden sich morgens lieben, eher träge und noch benebelt. Lili wird gut zwanzig Minuten unter der Dusche bleiben, um wach zu werden. Als sie tänzelnd heraussteigt und sich nackt mit den Händen durchs Haar fährt, wird Antoine schon wieder eingeschlafen sein, und sie wird sich ein bißchen blöd vorkommen wegen des Theaters, das sie für nichts und niemanden aufgeführt hat. Um sich zu rächen, wird sie ihm ein Kissen ins Gesicht werfen. Er öffnet ein Auge.

»Bring mir die Schlüssel zu Shopi. Ich habe keinen Zweitschlüssel.«

»Ja, ja.«

Und scheint schon wieder eingeschlafen. Lili schlüpft in einen Sommerrock und ein geblümtes Top, flicht sich Zöpfe, mit denen sie wie eine Sechzehnjährige aussieht. Es ist nicht gerade schönes Wetter, aber sie will dieser trüben Stimmung, diesem generellen Wieder-im-alten-Trott-Sein etwas entgegensetzen. Was allerdings nicht alle betrifft. Für Nadia ist es der vorletzte Tag. Ich mach das doch nicht mein Leben lang, sagt Nadia. Sie sagt auch, daß ihr diese Art von Sommerjobs immer guttun. Daß sie die Dinge zurechtrücken. Gerade sie, die ständig über ihr Studium jammert, halten Jobs wie dieser davon ab, alles hinzuschmeißen. Sie drückt es so aus: Genau so einen Scheißjob müßte ich machen, wenn ich mein Studium sausen lassen würde. Lili hat schon verstanden, welche Art Arbeit nicht Nadias ist. Trotzdem fragt sie: Wozu? Um was dann zu machen? Ich weiß auch nicht, irgendwas, wo man Verantwortung trägt, kreativ ist … Willst du in einer Werbeagentur arbeiten? Nein, tickst du noch richtig? Ich weiß auch nicht, irgendwas Nützliches, was ich spannend finde. Ein Job, der Spaß macht und spannend ist. Ich finde Gemüse spannend, sagt Lili scherzhaft, als sie eine Frau im weißen Jogging, mit linksdrehendem Joghurt, Gurken und Brokkoli beladen, auf sich zukommen sieht. So habe ich das nicht gemeint, sagt Nadia.

»Das macht bei Ihnen genau einhundertvierundneunzig Francs. Wie heißt du? Romain? Das ist ein schöner Name, und wie alt bist du? Oh, du siehst aber älter aus. Man könnte meinen, du gehst mindestens schon in die Fünfte. Danke. Ihr Wechselgeld. Auf Wiedersehen …«

»Du magst Rotznasen, was?«

»Ja, natürlich. Nur, daß ich sie Kinder nenne. Oder höchstens Zwerge. Warum? Du nicht?«

»Na ja, ich finde sie eher nervig. Sie sind immer verdreckt, kleben einem ständig am Bein, weil sie was von dir wollen, brüllen, flennen, sind verrotzt …«

»Willst du später keine Kinder haben?«

»Bestimmt nicht. Hab keine Lust, mich damit rumzuschlagen. Außerdem, weißt du, bei all der Gewalt, der Arbeitslosigkeit, den Faschos und dem ganzen Mist weiß ich nicht, ob man so einem Wurm einen Gefallen tut, wenn man ihn in die Welt setzt, obwohl er nicht darum gebeten hat und es trotzdem ausbaden muß. Und du? Willst du welche?«

»Ja. Das heißt, ich glaub schon. Ich weiß nicht genau.«

»Warum?«

»Keine Ahnung. Ich finde Kinder eben toll. Wenn ich ihnen beim Spielen im Park oder beim Schlafen zusehe, dann tut das einfach gut. Ab und zu passe ich auf Kinder auf, um ein bißchen Geld zu verdienen. Und in den Stunden, die ich mit ihnen verbringe, vergesse ich alles andere. Ich stelle mir keine Fragen, ich weiß auch nicht, ich fühle mich einfach wohl. Wie damals, als ich noch klein war, mit Loïc.«

»Ganz schön egoistisch. Du willst ein Kind haben, weil es dir Spaß macht. An das Kind denkst du überhaupt nicht. Wenn du Pech hast, wird es später auch einer von diesen mit Prozac vollgepumpten Neurotikern ...«

»...«

Drei Sechserpacks Kronenbourg, Rillettes von Reflets de France, ein Päckchen Toastbrot von Harry's, vier Scheiben gekochter Schinken von Hertha, Sonnenblumenmargarine. Rauchen ist hier verboten, Monsieur. Ich habe gesagt, Rauchen ist hier verboten, Monsieur. Aber deshalb brauchen Sie nicht gleich ausfallend zu werden. Das macht dreiundachtzig Francs. Scheiße, hören Sie auf, mir ins Gesicht zu blasen. Außerdem hast du Mundgeruch …

Nadia sieht Lili sprachlos an.

»Jetzt bin ich aber platt. Hast du gesehen, wie er rausgeschlichen ist? Das Schwein hat sich tierisch geschämt.«

Antoine ist hereingekommen, aber Lili hat ihn nicht bemerkt. Er ist ein paar Minuten zwischen den Regalen verschwunden, mit einer Cola-Flasche unter dem Arm wieder aufgetaucht und hat sich brav in die Schlange gestellt. Nadia hat ihn sehr wohl bemerkt. Sie starrt ihn an. Unauffällig hat sie einen Knopf ihrer Bluse geöffnet. Antoine ist jetzt auf Lilis Höhe.

»Mademoiselle, ich finde Sie sehr charmant.«

»Danke.«

»Wann haben Sie Feierabend?«

»Um achtzehn Uhr, Monsieur.«

»Und haben Sie heute abend schon etwas vor?«

»Na ja, sagen wir mal, ich habe vor, mit Ihnen was trinken zu gehen, und danach gehört die Nacht uns.«

»Sehr gut, dann hole ich Sie um achtzehn Uhr dreißig ab.«

»Bis heute abend.«

»Bis heute abend.«

»Ehrlich gesagt, finde ich Sie auch nicht übel.«

Lili langweilt sich. Nadia und Antoine hören nicht auf zu reden. Und Lili langweilt sich. Beim Kaffee hat es angefangen. Genaugenommen schon ein bißchen früher, als sie Nadia Antoine vorgestellt hat. Antoine hat Nadia vorgeschlagen mitzukommen. Nadia schien sich darüber zu freuen, sie hatte Lili den ganzen Nachmittag in den Ohren gelegen, wer dieser Klassetyp sei, mit dem sie was trinken gehen würde; Nadia hatte Lili ziemlich frech gefunden. Und sich über sie gewundert. Als Antoine gekommen ist und Lili geküßt hat, hat Nadia gesagt: Ach so, ich hab mich schon gewundert.

Und was machst du so? Ich studiere Soziologie. Ah, verstehe, Bourdieusianerin, nehm ich mal an. Äh, ja … Äh, das heißt, mehr oder weniger. Und, zack, sind die beiden auf einem Gebiet unterwegs, das für Lili vermintes Gelände ist, weil sie sich dort überhaupt nicht auskennt und sich auch nicht sonderlich dafür interessiert. Wenn es um Bücher geht, ist sie aufgeschmissen, sofern es sich nicht um Romane handelt. Und dann sind auch noch Freunde von Antoine gekommen, zwei Pärchen, durch die Bank Doktoranden, Diplomanden, Klugschwätzer. Man spricht übers Kino, schwingt große Reden. Und du, Lili, hast du auch den Film *Hana-bi* gesehen? Ja. Und wie fandest du ihn? Mir hat er gefallen. Sie warten darauf, daß du noch einen Satz, eine Bewertung, den Ansatz einer Überlegung von dir gibst. Verschämt fügst du hinzu: »Es war ein schöner Film.« Die Sache ist gelaufen, für den Rest des Abends richten sie nicht mehr das Wort an dich, sie formulieren weiter stringente Sätze, vertreten Standpunkte, grenzen Debatten ein, werfen Problematiken auf. Mehrere Gespräche greifen ineinander. Politik, Soziologie, Kino. Das Mädchen neben dir ist ausgeschieden, sie hat den Faden verloren, weil sie kurz aufs Klo gegangen ist. Schon ist sie vom Kreuzfeuer ausgeschlossen. Schließlich richtet sie das Wort an dich. Und du, wo bist du eingeschrieben? Verdammt noch mal, was haben sie nur alle mit dieser Frage? Immer dasselbe: Was machst du beruflich, wieviel verdienst du, hast du dieses Buch gelesen? Kassenhochschule, antwortest du. Das Mädchen wirkt eingeschnappt.

Lili langweilt sich. Antoines Freunde sind endlich gegangen. Ins Theater. Ins La Colline. Ein »lebendiges Schauspiel«, wie sie sagen. Lili mag nur das tote Schauspiel. Kino, Romane. Diese geschminkten Typen, die brüllen, damit man sie versteht, mit ihrer verletzenden, ja, terroristischen Sprechweise, ihren blasierten, selbstgefälligen Mienen, die kann Lili nicht ausstehen. Im Theater fühlt sie sich unwohl, ausgeschlossen, verloren, genötigt, zu teilen, zuzuschauen, vergewaltigt. Sie fühlt sich unerwünscht. Keine ausgestreckte Hand. Sie gehören nicht dazu, das ist unsere Welt, unsere Sprache, bleiben Sie draußen. Also bleibt Lili draußen, und es kratzt sie nicht. Sie hat die Bücher, das Kino.

Nachdem die Freunde weg waren, hat Antoine vorgeschlagen, daß sie zu ihm zum Abendessen gehen. Wer sie? hat Lili sich gefragt. Nadia offenbar nicht. Lili hat zwar nicht alles mitbekommen, aber ihr ist sehr wohl aufgefallen, daß Nadia und Antoine im Gespräch viele ähnliche Ansichten und gemeinsame Interessen entdeckt haben. Sie haben sich eine Menge zu sagen. Lili möchte die Dinge lieber erleben. Erspüren. Fühlen. Kassenhochschule. Lili muß kichern, als sie daran denkt. Antoine und Nadia sehen sie verdutzt an. Bestimmt waren sie gerade tiefschürfend in den Niederungen des situationistischen Ansatzes, der neuen russischen Nouvelle Vague, des parasymbolischen Dogmas, von Finanzkonzepten und philosophisch-monetären Krisen unterwegs. Und wo bleibt Gott bei dem Ganzen? Alles vermischte sich irgendwie, Lili hörte nicht mehr zu. Sie hat wieder an dieses blonde Mädchen denken müssen, ein Flittchen, bei genauer Betrachtung. Und an ihre eigene Antwort. Sie mußte lachen.

»Was ist denn so komisch?«

»Ach nichts.«

»Doch, sag's doch. Wenn du lachst, dann wirst du wohl auch einen Grund dazu haben.«

Antoines Gesicht hat plötzlich einen harten Zug angenommen.

Lili sagt zu ihm: »Ich hab nur gerade an etwas denken müssen. An etwas Saukomisches.«

»Na toll, wir versuchen dir was zu erklären, und du denkst dabei an etwas Saukomisches.«

»Ach, ihr habt mit mir gesprochen?«

Sie wirken entrüstet.

»Allerdings. Du hast eine Frage gestellt. Weißt du's nicht mehr?«

»Nein. Was für eine Frage?«

»Du hast uns gefragt, wer Guy Debord ist.«

»Das soll ich gefragt haben?«

»Allerdings. Mensch, so kriegen wir das nie hin.«

»Was denn hinkriegen?«

Schon tut Antoine das alles leid. Seine Andeutungen, sein professorales Gehabe, der herablassende Ton. Lili ist aufgestanden. Sie hat nur gesagt: »Guy Debord geht mir am Arsch vorbei. Ich habe dich das nur gefragt, weil ich gemerkt habe, wie du es genießt, dein Wissen auszubreiten. Wie es dir Spaß macht, der kleinen Kassiererin einen Vortrag zu halten, als wäre sie eine von den Gören aus deiner Klasse.« Lili geht. Nadia und Antoine kommentieren den Vorfall halbherzig, entwickeln zwei, drei Theorien dazu. Danach bläst Nadia Antoine einen, und Antoine nimmt sie von hinten.

Lili ist schlecht. Die Mischung aus Milch, Milka mit ganzen Haselnüssen und Whisky bekommt ihr nicht. Im Fernsehen läuft ein sogenannter Erotikfilm. Lili hat nicht die Kraft, die Fernbedienung zu holen, die auf dem niedrigen Tisch liegt. Gefummel unter der Dusche, Gevögel in der Saunaumkleide. Lili muß fast lachen, weil man in einer Einstellung sieht, daß der Typ einen Slip anhat. Mit den Brahms-Sonaten für Klavier und Violoncello im Hintergrund, den gleichen, die sich Loïc immer, auf dem Boden liegend, sonntags nachmittags anhörte, wenn das Licht ins Wohnzimmer fiel, wirkt das ziemlich schräg. Das paßt nicht ganz zusammen. Die verzerrten Gesichter zum überaus reinen Strich des Violoncellos. Wobei Lili dieses Wort nicht besonders mag: rein, Reinheit. Aber es trifft die Sache am besten. Oder vielleicht unschuldig … Nein, da ist ihr rein doch lieber.

Loïc fehlt ihr. Loïcs Hände auf ihrer Stirn, wenn sie Kummer hatte. Ihre sich kreuzenden Wege. Ihr Gleichschritt. Lili steht auf und schaltet den verdammten Fernseher aus. Zum Schluß hat sie beim Anblick der ineinander verschlungenen Glieder, der unvorteilhaft gefilmten Speckfalten beinahe das Kotzen bekommen. Was bleibt, ist das über der Nacht schwebende Violoncello.

Julien geht unter ihrem Fenster vorbei. Es ist spät, und wie immer ist Julien lange durch die Straßen gelaufen, ziellos, nur um zu laufen. In der Rue Girardon hat er aus Jux Dalidas Busen gestreichelt.

Nadia ist nicht da. Monsieur Robert sagt, daß sie angerufen hat, um sich krank zu melden. Da es ihr letzter Tag ist, hat sie ihn beauftragt, Lili alles Gute zu wünschen. Lili findet das nett. Monsieur Robert auch. Maud ist das egal. Es scheint sie nicht zu ärgern, daß man ihr nichts gewünscht hat. Mauds Gesicht wirkt so friedfertig wie jeden Tag. Wie ein großer, brilletragender Pfannkuchen. Lili fragt sich manchmal, was sich dahinter verbirgt. Wie wohl ihr Leben aussieht. Sie trägt keinen Ehering und wirkt nicht wie jemand, der unverheiratet mit einem Mann zusammenlebt. Maud, die Teigware, Maud, der Trauerkloß. Was verbirgt sich hinter deinen dicken Brillengläsern? Du sagst nie etwas. Oder wir hören dich nicht. Bist du verheiratet, Maud? He, Maud, ich rede mit dir. Du wirst rot. Das gibt es doch nicht. Du bist vierzig oder drüber und wirst rot, wenn ich dich frage, ob du verheiratet bist. Hör mal, Maud, ich habe dich nicht gefragt, ob du es lieber von vorn oder von hinten magst, ich frage dich, ob du verheiratet bist, ob du Kinder hast. Lili ärgert sich über sich selbst. Sie erkennt sich nicht wieder. Verzeih mir, Maud, ich bin müde, ich rede Blödsinn. Maud heult. Ihre Wangen sind rosa, ihre Augen gerötet. Sie schluchzt dümmlich vor sich hin.

Lili heult auch. Sie sitzen beide an ihrer Kasse in dem Supermarkt mit den wenigen und unentschlossenen Kunden und heulen. Ganz leise. Wie ein Bottich, der überläuft. Lili preßt immer wieder zwischen den Zähnen hervor: Verdammt, Loïc, Scheiße, du nervst. Sie schenkt Julien keine Beachtung. Er traut sich nicht, näher zu kommen, schleicht um sie herum, wartet geduldig. Er hat es nicht eilig. Seine Flasche Jameson, seine Rolle Pringles, seine zwei Scheiben Schinken, seine Zucchini, sein Koriander und er, sie können warten. Sie warten schon ziemlich lange. Wochen, Monate. In der Zwischenzeit geht er die Treppe hinunter. Regale mit Essiggurken, Klopapier, Shampoo und Töpfen. Ein Wachmann folgt ihm. Julien bummelt herum, berührt mit den Fingerspitzen die Fläschchen, die Flaschen, das Plastik und das Glas, klappert die Artikel ab, ohne einen zu nehmen, ohne sie wirklich anzusehen. Der Typ beobachtet ihn argwöhnisch, als verdächtige er ihn, Monsieur Shopi eine Großpackung Klopapier klauen zu wollen.

»Zu blöd, daß sie weint, finden Sie nicht? Ausgerechnet an dem Tag, an dem ich mir endlich vorgenommen habe, sie anzusprechen. Was heißt anzusprechen. Ein, zwei Worte an sie zu richten. Etwas in der Art von: Die Zöpfe stehen Ihnen gut. Aber heute trägt sie das Haar ganz offen, ist Ihnen das aufgefallen? Ich hätte nie gedacht, daß es so lang ist. Und außerdem weint sie. Haben Sie gesehen, sie weint.«

»...«

Julien hat die Nase voll von Ariel, Persil, Calgon und Konsorten. Er geht wieder hinauf. Der Wachmann sieht aus, als hielte er ihn für einen Spinner, der irgendwas Komisches im Schilde führt, der irgendein schmutziges Geschäft ausheckt. Einer von der Sorte, die sich mit einem Kerl am Klopapierregal verabreden, um ihm Koks anzudrehen.

Julien bringt alles zurück. Er geht zu den einzelnen Regalen und stellt die Produkte wieder an ihren Platz. Er wird hinausgehen, ohne etwas zu ihr zu sagen. Macht nichts. Er war sowieso nicht in der Verfassung, sie anzusprechen. Und sie war nicht in der Verfassung, von ihm angesprochen zu werden. Ende gut, alles gut. Julien ist klar, daß es noch früh am Tag ist. Er weiß das. Er weiß, daß er zuviel getrunken hat. Daß man das morgens nicht macht. Er weiß das alles. Aber um sie anzusprechen, um sich den nötigen Ruck zu geben, hat er es gebraucht. Nur einen Tropfen. Und noch einen, ein paar Gläser …

Julien tritt auf die Rue Notre-Dame-de-Lorette hinaus. Als er am Eingang in der Rue des Martyrs vorbeikommt, sieht er, daß Lili nicht mehr weint, daß ihr Blick noch leicht verhangen ist, während die optischen Laserstrahlen die Barcodes entziffern, aber daß sie nicht mehr weint. Trotzdem, es ist zu spät. Julien hat das bißchen Mut, das er besessen hat, in diesen mißglückten Versuch gesteckt. Der ganze Tag liegt vor ihm. Es ist ein freier Tag. Er wird ein bißchen schreiben. Das ist einfach und entspannt. Während er an den Schaufenstern vorbeigeht, betrachtet er sein Spiegelbild. Er sieht müde aus. Seine

Haare sind lang, und das gefällt ihm nicht. Irgendwann, so viel steht fest, wird er zum Friseur gehen, und dann ist Schluß mit dieser schwachsinnigen Frisur, mit diesem Pferdeschwanz. Irgendwann … Er wird sich jeden Tag rasieren, leicht glänzende Hemden und schwarze, taillierte Anzüge tragen und endlich wie er selbst aussehen. Wenn Lili ihn dann mit seinen Tarama-Gläschen und seinen Chipstüten kommen sieht, wird sie ihm ein Lächeln schenken, von dem nur sie das Geheimnis kennt, ein sehr anrührendes, sehr schlichtes Lächeln ohne Hintergedanken, aber sehr anrührend.

Julien geht nach Hause. Er wohnt ganz in der Nähe. Ein Katzensprung. Rue Lamartine. Von daher kauft er schon seit einer ganzen Weile bei Shopi in der Rue des Martyrs ein und stellt sich immer an derselben Kasse an, selbst wenn dort eine Schlange steht, nämlich an Lilis Kasse. Schon seit einer ganzen Weile reicht er ihr Milchpackungen, Toilettenpapier und Hacksteaks mit einem, wie er hofft, eindeutigen Lächeln auf den Lippen. Schon seit einer ganzen Weile streicht er herum, rafft sich auf und landet doch fünfzehn Minuten später wieder in seiner kleinen Wohnung, wo er nicht weiß, was er mit sich anfangen soll. Außer Schreiben. Oder vielleicht Lesen. Eine CD einlegen, etwas essen. Die abblätternde, bröckelnde Zimmerdecke anstarren, die nicht mehr ganz weißen Wände. Lionel im Büro anrufen, um mit ihm über ein Buch zu reden, über sein Buch, das noch immer im Entstehen ist, eine ewige Baustelle, oder über ein anderes. Auf den Abend warten, wo er sich dann meistens mit jemandem irgendwo trifft, zuviel trinkt, zuviel redet. Die Decke über sich ziehen und sich anekeln. Wie ein Stein schlafen, sich alt fühlen mit seinen fünfundzwanzig Jahren und seinem Bauch, seiner schlaffen Haut. Aufstehen, duschen, ohne Frühstück aufbrechen, in die Métro steigen, ins Büro gehen, guten Morgen zu Carole sagen, die ihm aus reiner Nettigkeit einen Kaffee bringt. Geschäftig tun, während er darauf wartet, daß die Kollegen und der Chef eintreffen. Sich den Text noch einmal vornehmen, an dem er am Abend zuvor gearbeitet hat, einen anderen korrigieren. Noch mehr schreiben. Texte, Präsentationen, Konzeptionen schreiben, Pressedossiers, Vorankündigungen, Entwürfe anfertigen, stapelweise Papier, gebunden oder nicht, mitunter zusammengeheftet, das alle, Presse, Mäzene, Sponsoren, davon überzeugen soll, daß Schreiben gut ist und daß es noch besser ist, sich gegenseitig zu schreiben und daß Julien und seine Kollegen es folglich verdienen, bei ihrem noblen Unterfangen unterstützt zu werden: alle Leute dazu zu bringen, Briefe, E-Mails zu schreiben. Zu kommunizieren. Zu korrespondieren. Um »zu sagen, was man nur schreiben kann«. Ja, so einen Schwachsinn verzapft Julien. Er, der selbst nie jemandem schreibt. Er, der nur für Geld oder aus Spaß schreibt. Er ermuntert die Menschen, sich Souvenirs aus den sonnigen Ferien, zärtliche Worte oder gar Küßchen an Großmutter zu schicken; nichtssagende Postkarten, feuchte, von Geständnissen triefende, schmalzige Briefe. Wenn er fertig ist, läßt er Étienne seine Texte lesen, damit der was zu lachen hat, er läßt sie noch einmal von Amel und Geneviève lesen, damit die sie korrigieren und sich endgültig davon überzeugen können, daß er fürs Nichtstun bezahlt wird, und gibt sie zum Absegnen seinem Chef. Der lacht sich manchmal über den einen oder anderen schief: Also hier haben Sie ganz schön dick aufgetragen. Er sagt das mit einem Lächeln. Wenn er lächelt, sieht er Mr. Maggoo noch ähnlicher. Mister Maggoo ist der Chef eines Ladens für Kulturengineering. Der Name ist ein bißchen bombastisch. Aber die anderen sind auch nicht besser oder sogar noch schlimmer: Consultant-Büro, Expertenkabinett, Agentur für Eventmanagement und -kommunikation … Wenn man ihn fragt, was er macht, antwortet Julien manchmal aus Quatsch: Kulturingenieur. Er sagt das, ohne eine

Miene zu verziehen. Das verfehlt nicht die Wirkung. Man hat ihn in die Abteilung für »Literaturevents« gesteckt. Zur Zeit betreut er eine Veranstaltung rund um das Thema »Korrespondenz« in der Provence. Und er arbeitet an einer Studie in der Picardie, was weniger witzig ist und ihn zwingt, zu nachtschlafender Zeit aufzustehen und sich in einen unbequemen Bummelzug zu setzen, der inmitten von Rüben und Erbsen durchs Nichts zuckelt. Die Bahnhöfe sind verlassen und verregnet. Er muß ein Stück zu Fuß gehen, um zu den Fachoberschulen für Landwirtschaft zu gelangen und sich wieder mal davon zu überzeugen, daß die Oberschüler nicht zu den Veranstaltungen kommen, weil sie offenbar lieber etwas anderes machen. Ihm war das längst klar, aber die Kulturschaffenden tun sich nun mal wahnsinnig schwer damit, sich das einzugestehen. Damit sie's kapieren, nimmt Julien als Beispiel immer den Sport. Das ist das gleiche in Grün, Sportler wollen einen immer bekehren, einen davon überzeugen, daß Sport guttut, obwohl man sie nicht darum gebeten hat und es gemütlich findet, eine Tacotüte nach der anderen leerzufuttern und sich dabei auf Video *Sie küßten und sie schlugen ihn* anzusehen. Es regnet, und während er auf den Bus wartet, stellt Julien sich in unfaßbaren Telefonzellen unter, die nach dem Zufallsprinzip an einer Straße plaziert sind, über die

Olivier Adam

Lastwagen und Bauern in ihrem R 18 rollen. R 18 Kombi. Die Picardie ist häßlich, und selbst die Oberschüler sehen traurig aus.

Lili fühlt sich allein. Sie hat zuviel gegessen. Nutella direkt aus dem Glas. Vorher hatte sie eine Waschmaschine angestellt und Irène angerufen. Sie hat sie gefragt, ob Loïc geschrieben hat. Irène klang verwirrt, und es folgte ein langes Schweigen. Bist du sicher, daß es dir gutgeht? Nein, mir geht es nicht besonders. Irène wußte nicht, was sie darauf sagen sollte. Also dann, tschüs. Nachdem sie aufgelegt hat, ist Irène zu Paul ins Wohnzimmer gegangen. Lili hat eben angerufen. Ich habe den Eindruck, daß es ihr nicht sehr gutgeht. Paul hat Irènes Hände in seine genommen. Was können wir tun? Was können wir noch tun? Paul faßt sich wieder. Wir können mehr tun. Wir können sie mehr lieben. Sie mehr lieben heißt, sie noch ein bißchen stärker lieben. Was anderes können wir nicht tun. Also gar nichts. Sie lieben, wie wir es immer getan haben. Irène fragt, ob dies die richtige Art ist, sie zu lieben, ob man es nicht anders hätte angehen sollen. Sie fragt sich, ob sie es richtig gemacht haben. Offenbar nicht. Sonst wäre Loïc nicht … Nicht was? Nichts, ich weiß auch nicht. Paul umschließt ihr Gesicht mit den Händen. Er sagt Irène, daß er sie liebt. Er sagt: Lad doch Lili fürs Wochenende ein. Schlag es ihr zumindest vor. Falls sie sich allein fühlt. Falls sie überhaupt will. Ich möchte sie nicht drängen. Sie soll sich nicht gezwungen fühlen. Sie hat bestimmt etwas Besseres vor.

Es ist kalt für die Jahreszeit. Julien hat schlecht geschlafen. Er ist zu früh aufgestanden, aber hat keine Lust, als erster im Büro zu sein, wo ihn nur sein Macintosh begrüßt. Gestern abend, das war Mist. Julien hat mal wieder zuviel geredet. Er hat alle sichtlich genervt mit seinem Gequatsche über den Roman, über seine Abenteuer in der Picardie und den Zugfahrten mit Mr. Maggoo, auf denen er trotz Kater Besprechungen vorbereiten und darauf achten mußte, nicht auf die schönen Sitze des T.G.V. Paris–Montélimar zu kotzen, mit der allzu grellen Sonne beim Aussteigen, den allzu laut schmatzenden Küssen, dem allzu breiten, unmotivierten Lächeln auf den Gesichtern, dem allzu aufgeräumten Tonfall, den allzu glücklichen und mitleidigen Mienen der Einheimischen bei der Ankunft der nicht ganz frischen, völlig zerknitterten Pariser, wobei der große Chef schnell und mit der landestypischen Gutgelauntheit wieder in den Akzent zurückgefallen ist, den er selbst seinerzeit sprach, als er in der Gegend lebte und sich um ein Theater kümmerte oder Ziegen züchtete, während er, Julien, noch nie etwas hat anfangen können mit dieser Jovialität, mit diesem Grinsen, das wie eine Grimasse wirkt, nein, nicht nur so wirkt, sondern eine ist.

Bevor er zur Métrostation geht, bestellt sich Julien in der Brasserie an der Ecke einen Kaffee und ein Croissant. Das Croissant zerbröselt, und als der Kellner die Tasse auf den braunen Tisch gestellt hat, ist ein wenig Kaffee auf die Untertasse geschwappt. Julien ist schlecht. Lili auch, sie verschanzt sich hinter ihrer *Libération* und sitzt hinten, unter dem großen goldgerahmten Spiegel. Um Haltung zu bewahren, versucht Julien sich an die Zeilen eines Buches zu klammern wie an einen Ast. Er begreift den Sinn der Sätze nicht, die er immer wieder liest. Die Geschichte kommt nicht voran. Er ist sich nicht sicher, ob Lili ihrerseits den Leitartikel von Jacques Amalric wirklich versteht. Als sich ihre Blicke kreuzen, schenkt sie ihm ein scheues Lächeln. Ein beinahe unmerkliches Lächeln. Es kommt sehr leicht daher an diesem mulmigen Morgen. Aber das ist ja schon mal was. Ein Erkennungszeichen. Zwischen zwei Gestrandeten am frühen Morgen, bevor sie wieder in ihre unbequemen Rollen schlüpfen, in die der freundlichen Kassiererin und des schüchternen Kunden. Lautlos legt sie ein paar Silbermünzen neben den flaschengrünen Aschenbecher und steht auf. Julien bleibt noch eine Weile sitzen. Er schaut ihr nach, während sie sich zwischen den Tischen hindurchschlängelt und die an der Theke lehnenden Dicken und Alten streift. Sie verläßt das Lokal und geht zu ihrer Kasse, ein Stück weiter den Gehsteig hinauf. Es ist kurz vor neun. Julien hat noch ein bißchen Zeit. So ist das. Bei Shopi fängt man früher an als in der Kultur. Das ist immerhin ein Vorteil seines Berufs. Das und daß man intelligent aussieht. Oder daß einem zumindest der Ruf vorauseilt, es zu sein. In seinem Fall könnte Julien noch hinzufügen: daß man fürs Schreiben bezahlt wird, was für ihn einem Luxus gleichkommt. Leider ist das nicht alles. Das wäre zu schön. Als Julien im Büro eintrifft, sind alle in ihre Zeitung, ihre Papiere oder Träumereien vertieft. Die Frau, mit der er sich das Büro teilt, hängt schon am Telefon. Julien geht sich einen Kaffee holen, wodurch er zehn Minuten Ruhe und wohliges Dösen herausschlägt. Ein ruhiger Tag kündigt sich an. Keine Termine, keine Besprechungen. Ein Programm ist zu überarbeiten. Er versucht auf jeder Seite mindestens eine Anzüglichkeit, eine leicht gewagte Formulierung unterzubringen. Das Ergebnis macht zwar nicht gerade viel her, hat aber das Verdienst, daß es Étienne zum Lachen bringt, der entspannt ein wenig, hört auf, ständig auf und ab zu gehen und pausenlos den Reißverschluß seiner enganliegenden schwarzen Weste zu malträtieren, und läßt Julien über seine etwas abstrakten Sätze, den unterkühlten Stil mit den seltsam metallischen Worten spotten. Aufs Geratewohl findet man eine auffällige Häufung von Ausdrücken wie Phasologie, Methodik, Analyseraster, Entscheidungshilfe, Prekonisation, Perspektive, Diagnostik, qualitativ, quantitativ, Komponenten, Modalitäten, Ausrichtungen, operativ, Komitee, Steuerung, Ausarbeitung, Versuchsachsen, Ordinate, deskriptiv, Erklärung, Strategie, Konzeption, Elemente, Zwänge, Modalitäten, Gültigkeitserklärung, Attraktivität, Reaktivität, Direktive, Dysfunktion, Positionierung, rückläufig, sich heraushebend, potentiell, Segmentierung, Haushaltsvoranschlag, Meisterschaft, Festschreibung, Durchführbarkeit, Auswirkungen. Und das alles für die Kunst und die Literatur …

Julien hätte vielleicht den Mund halten sollen. Natürlich hat er Lionel von seinem Plan erzählt, einen Text über *Die Kassiererin bei Shopi* zu schreiben. Er hat auch zu ihm gesagt, daß sie ihn irgendwie inspiriert, er weiß nicht, warum. Daß er schon ein paar Seiten über sie zu Papier gebracht hat, über sie, über ihre Gestalt, über das, was er sich zu diesem Mädchen dachte, diesem ein bißchen geheimnisvollen, ein bißchen deplaziert wirkenden, sehr sanften und lächelnden Mädchen. Lionel konnte nicht widerstehen. Er hat nach Lili Ausschau gehalten, an den Kassen von Shopi in der Rue des Martyrs. Er ist zusammen mit Aude gekommen, um Wein zu kaufen. Er hat sie gesehen. Ich habe sie gesehen, hat er zu Julien gesagt. Einfach nur: Ich habe sie gesehen. Dabei hat er ein Lächeln aufgesetzt, aus dem Julien nicht schlau wurde.

Ein paar Tage später legte Lionel seine Einkäufe auf das Laufband. Aude stand auf der anderen Seite und versuchte, die viel zu dünnen Plastiktüten aufzukriegen. Lionel zögerte, doch schließlich sprach er Lili an. Sag mal, falls du heute abend noch nichts vorhast, laden wir dich zu einer kleinen Party ein. Ein ganz lockerer Abend. Bei meiner Schwester. Lili nahm die Einladung an. In Ordnung, wir holen dich hier um zwanzig Uhr ab. Lili war ein bißchen erstaunt über diesen Vorschlag. Aber sie hatte keine Lust, den Abend allein zu verbringen. Außerdem war ihr das Pärchen längst aufgefallen, sie kamen immer nur zu Shopi, um Bordeaux für irgendwelche obskuren alkoholisierten Treffen zu kaufen. Sie fand die beiden sympathisch. Einfach so. Reine Intuition.

An diesem Abend ist Julien nicht gut drauf. Er hat einen harten Bürotag hinter sich. Viel Arbeit und Anspannung. Streitereien und Druck. Einzuhaltende Fristen, respektlose Lieferanten, eine Reihe von personellen Ausfällen. Er ist spät rausgekommen und ist kaputt. Wenn sich alles so zuspitzt und er gezwungen ist, sich in seinen Job ernsthaft einzubringen, wirft er das Handtuch. Dem ist er nicht gewachsen. Hat weder die Schultern noch das Rückgrat dazu.

Und schon gar keine Lust oder Motivation. Dann bekommt er unweigerlich Lust zu sterben. Unweigerlich. In solchen Momenten steigen ihm immer grundlos die Tränen in die Augen und fließen nicht mehr ab. Wird der Gedanke, sich das Leben zu nehmen, greifbarer, verlockend, vernünftig. Und genau das ermöglicht es ihm, durchzuhalten. Die Vorstellung, daß er sich, wenn er es nicht mehr aushält, wenn's ihm zuviel wird, wenn man ihn anschnauzt, einfach verdrücken kann – und tschüs! Die Feigheit macht ihm ein bißchen Mut. Julien hat die Tür aus hellem Holz mit dem Schild, auf dem Name und Logo des Unternehmens stehen, hinter sich zugeschlagen. Er geht die Treppe hinunter, ohne Licht anzuschalten. Er tritt auf die Straße hinaus. In der Rue du Pont-Neuf pulsiert das Leben. Das Café auf der anderen Straßenseite. Fred und sein Schnurrbart. Die Blumen. Julien hat das Métrofahren satt. Er beschließt, zu Fuß vom Büro zu Carole zu gehen. Durch die Rue du Faubourg-Montmartre. Immer geradeaus.

Julien rauchte im Gehen eine Zigarette nach der anderen. Ihm war zum Heulen, er zitterte am ganzen Leib und fror. Die Nerven versagten ihm. Jedesmal, wenn ein Auto vorbeifuhr, hatte Julien ganz klar vor Augen, wie er sich davorwarf und überrollen ließ. Er war drauf und dran. Der Schritt zu schnell, um gelassen zu sein, die Hände fahrig, die Worte vor sich hin genuschelt, zwischen den Zähnen hervorgepreßt, dachte er an den Prix Goncourt. Er sagte zu sich selbst: Halt noch so lange durch, schmier dein Buch hin, kassier den Goncourt und fertig. Du verdrückst dich nach Cotentin und schreibst. Du nimmst das Flugzeug, den Zug oder gehst zu Fuß. Fluchtwege. Du nimmst dir Zeit. Du stiehlst sie. Ohne jemandem etwas zu sagen. Hehler. Dreckskerl. Du scheißt auf die Arbeit, auf das sogenannte aktive Leben. Du hast doch schon immer gesagt: Du bist für das passive Leben. Als Julien sich der Rue Lamartine nähert, wird ihm klar, daß der Alkohol ihn traurig machen, daß er kein Wort sagen wird. Ihm ist klar, daß ihn schon die harmloseste Bemerkung, die geringste

Spannung, die kleinste Unannehmlichkeit gnadenlos und unbarmherzig fertigmachen werden. In Caroles Wohnung versucht Julien zu lächeln, er sagt guten Abend, ja, gern, einen Wodka. Dann taucht er seine Nase in die mit Oliven und Chips gefüllten Schüsseln. Unter der Rauhputzdecke mit den schweren lackierten Balken, zwischen den Wänden, an denen mehrere ziemlich große Filmplakate hängen, werden lebhafte Unterhaltungen geführt. Man hat es sich auf dem schwarzen Sofa und auf den Stühlen von Habitat bequem gemacht, sitzt auf dem Teppich, sagt etwas zwischen zwei Chips, lacht zwischen zwei Drinks, trinkt mehr, als man sollte, und hört Miossec, PJ Harvey oder Yann Tiersen. Julien ist dieser Typ aufgefallen, der am Fenster steht und Lucky Strike raucht. Seine harte, überlegene Miene. Julien fühlt sich unwohl. Er weiß nicht, warum, aber bei seinem Anblick bekommt er Lust zu sterben, irgendwo, in einem klitzekleinen Loch. Jemand verschüttet Rotwein auf dem Teppich. Er wird gutmütig ausgebuht. Ohne Boshaftigkeit aufgezogen. Carole geht Salz holen. Über dem Fleck häuft sie einen kleinen Fudschijama auf.

Beim Hereinkommen hat Lionel Julien zugezwinkert. Lili, sehr schüchtern und sehr schön, folgte ihnen. Lionel hat sie miteinander bekanntgemacht, Lili hat gesagt: »Wir kennen uns schon« und sich neben Julien gesetzt. Sofort hat der Typ am Fenster seinen Platz verlassen und ist näher gekommen. Er hat sein arrogantestes Jungarchitektenlächeln aufgesetzt und sich vorgestellt, dabei hat er Lili gemustert, sie von oben bis unten mit seinen Blikken abgetastet, sie abgeschätzt, seinen süffisanten Blick auf ihren nackten Beinen ruhen lassen und, mit Speichel auf den Lippen, ihren kleinen Hintern in Augenschein genommen. Als sie sich vorbeugt und nach ihrem Glas greift, versucht er einen Blick auf ihre Brüste und ihren BH zu erhaschen. Der Typ trägt ein riesiges Gliederarmband und einen Siegelring, er redet und redet, und je mehr er redet, desto größere Lust bekommt Julien zu sterben. Der Typ sieht Lili an, und je länger er sie ansieht, desto größere Lust bekommt Julien, ihm ins Gesicht zu kotzen. Aber vorerst kippt er einen

Wodka und einen Whisky nach dem anderen herunter.

Lionel, Christelle, Aude und Carole haben sich in ein Gespräch vertieft. Als sie es beendet haben, ist Julien schon zu blau, um die Situation anzusprechen, ihre Ungeheuerlichkeit zu ermessen und ihren Zweck zu begreifen. Lili läßt schweigend die lückenhaften, aber emphatischen Ausführungen ihres brillanten Nachbarn über sich ergehen. Sie nutzt eine der wenigen Pausen zwischen zwei Bonmots und drei geistreichen Bemerkungen, um sich Julien zuzuwenden und ihn zu fragen, was er beruflich macht. Julien ist wie vor den Kopf geschlagen, er will es ihr mit einfachen Worten, ohne Schwulst erklären, aber es ist nichts zu machen, es kommt, wie es kommt. Er spürt, wie sie an seinen Lippen hängt, aber von unten herauf, als Unterlegene. Julien mag das nicht, er mag sich nicht. Er ärgert sich über sich selbst, weil er keine schlichten Worte findet, um seinen Beruf zu beschreiben und zu erklären, worin er besteht. Statt dessen gibt er sich steif und süffisant, genau wie dieser Blödmann von Architekt, der Lili mit seinen Wilmottes, seinen Fosters und seinen Nouvels vollgelabert hat. Der wiederum hatte die Antennen ausgefahren und fragt nun Julien, ob er denn vorhat, das sein ganzes Leben zu machen oder nur so lange, bis er einen richtigen Job gefunden hat. Julien steht auf, sagt, ich gehe. Fühlst du dich nicht gut? fragt Christelle. Nein, ich fühle mich nicht besonders, aber das geht vorbei. Alles dreht sich so merkwürdig, mit schweren Schritten geht er die Treppe hinunter. Er setzt sich hinten in den Innenhof, mitten in die ebenso üppigen wie grünen Fettpflanzen. Er dämmert vor sich hin und weint. Er hat seit einer Ewigkeit nicht mehr geweint.

Der Typ sieht sie an. Das merkt Lili genau. Er ist ein Bourgeois. Bestimmt fährt er einen schwarzen Golf mit getönten Scheiben, spielt Tennis, ist sehr von oben herab und sehr liberal. Sie fragt sich, wie dieser Typ sich hierher verirrt hat, in diese leicht alkoholisierte, ganz lustige, eher ruhige Runde aus Leuten, die ihr ähneln, ohne ihr ähnlich zu sein. Sie haben studiert, haben spannende Jobs oder tun zumindest so. Sie ähneln Loïc, diese Leute. Loïc hätte sich unter ihnen wohl gefühlt, hätte ihren Geschmack, ihre politischen Ansichten, ihre Abneigung gegen allzu rhetorische Gespräche, gegen Korinthenkakkerei geteilt. Es ist eine Runde aus gescheiterten oder werdenden Künstlern, aus verkappten, aber nicht zu verbitterten und auch nicht zu eingebildeten Künstlern. Und da war auch dieser junge Mann, dem sie ab und zu begegnet, der ihr ein bißchen sonderbar, ja, hilflos vorkommt und der urplötzlich mit ein paar Gläsern Wodka zuviel intus gegangen ist. Aber dieser Typ hier sieht sie an. Lili weiß, daß er sie ansprechen und daß sie keine Lust haben wird, ihn zartfühlend zurückzuweisen. Allmählich kennt sie diese Typen, hat ein Gespür für sie. Sie denken immer gleich, die kleine Kassiererin von Shopi ist ein leichtes Mädchen, ein kopfloses Ding, das Schwänze mag und stolz ist, wenn sie ein paar Tage am Arm eines Typen mit Gliederarmband, einer riesigen Wohnung und einem Wochenendhaus in Deauville herumtrippeln darf.

Glaubst du nicht, daß es zum Anrufen schon zu spät ist? fragt Irène. Nein, es ist erst elf Uhr. Deine Tochter ist jung, sie geht aus und spät ins Bett. Hoffe ich jedenfalls. Irène hebt den Hörer ab. Guten Tag, hier ist der Anrufbeantworter von Lili Tellier. Ich bin gerade nicht zu Hause, bitte hinterlassen Sie mir eine Nachricht. Irène kennt die kurze Ansage auswendig. Sie hat Lili den Anrufbeantworter vor allem um ihrer selbst willen geschenkt, auch wenn sie sich das nie wirklich eingestanden hat. Sie wollte die Stimme ihrer Tochter hören können, selbst wenn die nicht da war. Irène rief während der Woche oft mitten am Tag an, ohne eine Nachricht zu hinterlassen, obwohl sie genau wußte, daß Lili in der Arbeit war. Auch Paul tat das, aber er sagte Irène nichts davon.

Hallo, Lili, hier ist Maman ... Ähm, tja, du bist nicht da, ich wollte dich nur fragen, ob du am Wochenende rauskommen willst, nur wenn du Lust hast, natürlich, fühl dich nicht verpflichtet. Aber wir würden uns freuen. Irène hat so etwas wie einen eiskalten Schauer gespürt, als sie den letzten, so einfachen Satz sagte. Wir würden uns freuen, dich zu sehen. Schon bereut sie ihn. War das nicht zuviel? Zuviel wovon? Keine Ahnung.

Sie gehen beide gleichzeitig. Andere sind schon vor ihnen gegangen. Julien sieht sie im Lichtschein der Hoflampe. Der Typ folgt ihr. Sein Hemd steht ein Stück zu weit offen, sein Haar ist ein bißchen zerwühlt. Seine Haut glänzt. Er spricht zu laut. Er fragt, ob er sie nach Hause begleiten darf. Lili sagt nein. Der Typ widert sie an, seine Goldkette glänzt im Dunkeln, er sieht aus wie ein Banker oder Anwalt, irgend so was. Er betrachtet sie von oben herab. Zu schmierig, zu aufmerksam. Er legt sich ins Zeug. Er will eine Nummer schieben. Bist du sicher? Ja, sie ist sicher, antwortet Julien. Der Architekt dreht sich um und versucht ihn in seinem schattigen Versteck zu erkennen.

»Hast du ein Problem?«

„Ich habe nur das Gefühl, daß du schlecht hörst, deshalb wiederhole ich für dich noch einmal, was die junge Frau eben gesagt hat: Sie hat gesagt, sie will nicht, daß du sie nach Hause bringst.«

Julien hat mit dröhnender Stimme gesprochen, wie im Kino, es klang bedrohlich, angsteinflößend. Er, der so muskulös ist wie ein Schwamm … Leicht nervös und argwöhnisch steuert der Typ auf ihn zu. Als er ihn erkennt, beruhigt er sich. Die Arroganz des jungen Architekten, des kleinen Rotzlöffels, des Bourgeois, des Papasöhnchens gewinnt wieder die Oberhand, ganz natürlich, wie selbstverständlich, nicht wie eine zweite Haut, nein, ganz einfach wie seine Haut, seine Haut, die Süffisanz ausschwitzt, unverschämte Gesundheit, weiße Zähne, Kreditkarten. Julien empfindet einen unergründlichen Haß in diesem Moment, einen Haß, der durch die Vorstellung geschürt wird, wie sich der faulige Atem dieses miesen kleinen katholischen Pfadfinders mit dem Lilis vermischt, ein Haß, der sich gegen diesen Kerl richtet und gleichzeitig alle Typen seines Schlages einschließt, die Siegertypen, die Selbstsicheren, all jene, die auf uns herumtrampeln, die unumstößlich glauben, daß man verdient, was man hat, und nur hat, was man verdient. Julien ist betrunken genug, um sich auf ihn zu stürzen. Er beißt sich an diesem Blödmann fest, bis er blutet, gräbt ihm die Zähne bis auf die Knochen ins Fleisch. Der Typ heult auf. In allen Fenstern gehen die Lichter an. Lili wirkt verängstigt. Der Typ verzieht sich brüllend, er verflucht all die kleinen linken Wichser und die kleine Schlampe mit ihrem scheinheiligen Getue. Lili ist wie vor den Kopf gestoßen. Sie steht neben Julien. Sie sagt einfach nur mit ihrer so sanften Stimme, ihrem scheuen Lächeln, ihrem feinen Mund, ihrem von rötlichem Haar umrahmten schmalen Gesicht, sie sagt einfach nur: »Gehen wir nach Hause?« Mehr nicht.

Sie gehen nach Hause. In ihrer Wohnung ist es sehr hell, sogar mitten in der Nacht. Der Boden ist aus lackiertem Holz, und die Wände sind weiß, die Möbel aus Kiefernholz. Das Wohnzimmer ist fast leer. Die Küche ist sehr klein, das Badezimmer seltsam altmodisch. Ihr Schlafzimmer besteht aus einer auf dem nackten Boden liegenden Matratze, einer Kleiderkammer und einem Schrank, beides eingebaut in die weißen Wände, an denen hier und dort Schwarzweißphotos, Plakate, Schnappschüsse von ihren Eltern und eine Photoserie von Loïc hängen. Eine Porträtgalerie. Julien sieht sich die Photos aufmerksam an. Dieses Gesicht kommt ihm bekannt vor. Wer ist das? Das ist mein Bruder. Er ist verschwunden. Mein Vater und er haben sich gestritten, und danach ist er weggegangen. Wir waren unzertrennlich. Ich habe nichts mehr von ihm gehört.

Danach sitzen Lili und Julien sich im Schneidersitz auf dem Wohnzimmerteppich gegenüber. Die Geschichte nimmt ihren Lauf. Ihre Fingerspitzen berühren sich. Sie streifen einander, wenn sie die Seiten des Photoalbums umblättern. Julien sieht Paul, Irène, wie sie scheu lächeln. Er erkennt das Viertel, die Siedlung, die Stadt, in der auch er die ersten zwanzig Jahre seines Lebens verbracht hat. Dieser nichtssagende Ort. Von dem aus man sich alles erfinden konnte. Dieses Gefühl, nicht zu Hause zu sein und es andererseits überall ein wenig zu sein. Die Verständnislosigkeit, die diese Stadt Begriffen wie Verwurzelung oder Zugehörigkeit entgegensetzt. Jetzt erkennt er auch Loïc wieder. Auf den Photos ist er vierzehn oder fünfzehn. Und Julien erkennt ihn wieder. Dieses von kurzem, strohigem Haar umrahmte Gesicht. Das Gesicht von Loïc, einem Freund von Olivier, seinem kleinen Bruder. Julien erinnert sich vage an ihn. Bestimmt war er sogar mal bei ihnen zu Hause. Vielleicht sind sie sich dort mal begegnet. Das Telefon klingelt, Julien hebt ab, ja, ich hole ihn. Olivier, es ist für dich. Ein gewisser Loïc Tellier. Julien ist vielen Menschen begegnet, wie er Loïc begegnet ist, und hat sie vergessen. Aber dieses Gesicht hat sich ihm eingeprägt. Warum, weiß er nicht. Etwas Magnetisches.

Nein, Lili, ich habe keine Ahnung. Vielleicht haben sie sich damals noch ab und zu gesehen. Ich kann es dir nicht sagen. Aber du müßtest es eigentlich selbst wissen. Ihr wart doch unzertrennlich. Du mußt seine Freunde gekannt haben. Nicht alle? Ja, ich verstehe. Ich werde ihn gelegentlich fragen. Okay, ich rufe ihn morgen an.

Lili schläft. Sie hat die Fensterläden geschlossen. Julien kann sie kaum erkennen. Vor dem Einschlafen hat sie ihm eine gute Nacht gewünscht und ihn auf den Mund geküßt. Er ist auf dem Sofa sitzengeblieben. Er weiß nicht, was er tun soll. Er weiß nicht, ob er sich zu ihr legen oder auf dem Sofa pennen soll. Julien beschließt, überhaupt nicht zu schlafen, um keine Antworten auf diese peinlichen Fragen finden zu müssen. Er stellt sich jede Menge Fragen, und sie lassen ihm keine Ruhe. Eine geht ihm nicht aus dem Kopf, aber er hat sich nicht getraut, sie in Lilis Gegenwart auszusprechen. Sie hat zitternd auf den Tagesanbruch gewartet, in der lächerlichen Hoffnung, etwas herauszufinden, doch am Ende hat die Müdigkeit sie übermannt. Etwas, was Julien seinem Bruder aus der Nase ziehen will: Ob Loïc noch am Leben ist. Julien hat diese Frage nicht laut ausgesprochen.

Er hat sehr wohl gesehen, wie stark dieses Eintauchen in die Vergangenheit Lili mitgenommen hat. Er spürt sehr wohl, wie frisch die Wunde unter der zarten Haut, unter der dicken Decke des Schweigens ist. Er weiß auch, daß Lili sich diese Frage, ohne es zu wissen, ohne sich dessen bewußt zu sein, in jeder von Gott geschaffenen Minute stellt.

Julien hat ein bißchen geschlafen. Er hört am Rascheln der Bettücher, daß Lili aufwacht. Zum Anrufen ist es zwar noch etwas früh, aber Olivier ist schon auf. Die Uni, am anderen Ende von Paris, zwingt ihn zum frühen Aufstehen, was ihm gar nicht gefällt. Nein, mit Loïc Tellier trifft er sich schon lange nicht mehr. Nach der Zehnten haben sie sich aus den Augen verloren, sie sind sich ein paarmal zufällig über den Weg gelaufen, und dann haben sie sich nur kurz zugenickt. Nein, er kennt niemanden aus seinem Freundeskreis. Ja, ich komme am Wochenende. Ich komme auf jeden Fall vorbei, das kannst du Maman sagen, okay?

Julien küßt Lili auf die Wange. Sie wollen sich morgen gegen drei Uhr nachmittags bei ihren Eltern treffen. Er wird sie abholen. Sie wollen ein bißchen spazierengehen.

An Loïcs Grab wird ihm plötzlich ganz schwindlig. Loïc liegt neben seinen Großeltern begraben. Kein Photo, keine Tafel, nur Blumen, denen man ansieht, daß sie erst vor kurzem hingestellt worden sind. Es ist morgens. Es ist ein Samstag. Der Wald mit seinem Geruch nach feuchter Erde und modrigem Holz ist gleich dahinter.

In Juvisy hat Julien den Bus nach Mainville genommen. Er ist zu Fuß zu Lilis Elternhaus gegangen. Er war zwar erst am Nachmittag mit ihr verabredet. Aber er wollte wissen, wo sie wohnt. Es ist ein unscheinbares Haus, das wie die Nachbarhäuser aussieht. Bescheiden. Nichtssagend. Julien hat einen Kloß im Hals, als er vor dem Haus steht. Er weiß ein wenig über die Kindheit, die sich darin abgespielt hat. Er kennt das Gesicht derjenigen, die darin aufgewachsen ist. Er kennt ihre Sanftheit, hat einen Blick auf ihre Haut erhascht, hat mit den Lippen ihre sehr bleichen Wangen berührt. Sie rührt ihn zutiefst, erschüttert ihn. Julien hat kehrtgemacht und ist am Wald entlanggegangen. Ganz in der Nähe lag, ein wenig versteckt, der Friedhof. Er mußte an seine Großmutter denken. Die Mutter seiner Mutter. Er hat sehr wenige Erinnerungen an sie. Nur die Photos. Überhaupt hat er sehr wenige Erinnerungen an seine Kindheit. Nur die Photos. Unvergessen ist ihm die Zärtlichkeit. Ein fast körperlich spürbares Gefühl. Er betritt den Friedhof. Er weiß nicht, wo ihr Grab ist. Julien ist seit ihrer Beerdigung vor zehn, fünfzehn Jahren, er erinnert sich nicht genau, nicht mehr hier gewesen. Er geht die Wege entlang und sieht sich die Namen an. Dabei stößt er auf diesen hier:

Loïc Tellier
1978–1996

Es ist gleich fünfzehn Uhr, und im Regen wirken die Straßen trostlos und kalt, sie schillern wie Fische. Julien ist ganz in der Nähe ihres Hauses auf und ab gegangen, bestimmt an die hundertmal. Er weiß nicht, was er tun soll.

Es ist gleich fünfzehn Uhr. Julien spielt mit dem Gedanken, feige zu sein. Wie der Vogel Strauß den Kopf in den Sand zu stecken. Der dumme Vogel Strauß. Entschlossen geht er davon. Aber jeder Schritt verrät ihn, denn er ist Meter für Meter weniger fest, weniger überzeugt. Selbst Feigheit verflüchtigt sich. Verpufft.

Es ist gleich fünfzehn Uhr. Autos fahren vorbei und bespritzen ihn. Seine Hosenbeine sind naß, kleben an den Waden. Julien geht zurück. Er betritt die Wohnanlage. Ein paar Jungen mit Rollerblades kommen ihm entgegen. Einer von ihnen fällt in eine Pfütze. Sein Bruder brüllt ihn an. Der Kleine heult.

Es ist gleich fünfzehn Uhr. Julien steht vor der Tür. Er schaut auf das kleine Klingelschild. »Paul und Irène Tellier und Kinder«. Sein Magen verkrampft sich, die Kehle ist wie zugeschnürt. Er zittert. Hinter dem Fenster sieht er Schatten vorbeigehen.

Julien klingelt. Lili ist noch nicht da. Sie geht ein bißchen im Wald spazieren, sagt Irène zu ihm. Irène mustert ihn leicht überrascht, mißtrauisch. Sie läßt ihn herein. Paul drückt ihm die Hand. Herzlich, wie ihm scheint.

»Kennen Sie Lili schon lange?«

Schon bedauert er die Frage, sie kommt ihm indiskret vor. Er wird rot.

»Nein, nicht sehr lange. Ich bin ihr vor ein paar Tagen begegnet. Nach ihrer Rückkehr aus Portbail. Kennen Sie Portbail?«

»Ja, ein bißchen.«

Keine Sorge, mir geht's gut

Julien sitzt im Wohnzimmer. Irène bringt den Kaffee. Sie setzt sich auf die breite Armlehne des Ledersessels. Sie stützt sich auf Pauls Schulter. Zwischen ihnen macht sich tiefes Schweigen breit. Aber es wirkt nicht bedrückend. Das Licht fällt in schrägen Bahnen herein und zeichnet die Fenstersprossen wie einen Schattenriß auf den Teppich.

»Kennen Sie D.?«

»Ja. Ich habe hier früher gewohnt. Meine Eltern leben im Stadtzentrum. Ich habe hier eine Menge Verwandte. Meine Großmutter ist in der Nähe begraben. Gleich drüben, in Sénart. Ich bin hingegangen, bevor ich hierhergekommen bin. Ich war zu früh dran. Ich war seit ihrer Beerdigung nicht mehr dort. Ich habe mich ein bißchen zwischen den Gräbern verlaufen. Und Sie? Wohnen Sie schon lange hier?«

»Ziemlich lange. Bald fünfundzwanzig Jahre …«

Paul taxiert ihn, möchte mit einem Blick herausfinden, was er weiß und was nicht.

»Und wie lautet Ihr Familienname? Da wir schon so lange hier wohnen, kennen wir vielleicht Ihre Eltern …«

»Kann gut sein. Mein Bruder war in der Schule eine Weile mit Loïc befreundet.«

Lili kommt herein. Julien dreht sich um. Sie lächelt ihm zu. Dieses Wahnsinnslächeln. In diesem Augenblick schwört sich Julien, daß er jedem, der auf die Idee kommt, ihr weh zu tun, die Fresse poliert, die Zähne einschlägt. Lili geht ihm unter die Haut, allein schon wegen ihres bezaubernden zarten Lächelns.

»Na, wie ich sehe, habt ihr euch schon vorgestellt.«

Verlegen, als hätte man sie ertappt, verlassen Irène und Paul das Wohnzimmer. Im Vorbeigehen drückt Irène mit kaum merklichem Zittern Juliens Arm. Paul wirft ihm einen Blick zu. Man merkt ihnen an, daß sie nervös, aber auch zuversichtlich sind.

»Gehen wir?« fragt Lili.

»Gehen wir.«

Maarten 't Hart

Die Sonnenuhr

Roman. Aus dem Niederländischen von Marianne Holberg. 336 Seiten. Serie Piper

Leonie Kuyper führt ein bescheidenes Leben als Übersetzerin – bis ihre beste Freundin Roos, die Laborantin mit den knallroten, superlangen Fingernägeln, an einem Sonnenstich stirbt. Roos hat sie zur Alleinerbin bestimmt, allerdings unter einer Bedingung: Daß sie für die drei geliebten Katzen sorgt und in ihr Appartment zieht! Als Leonie sich auf diesen Deal einläßt, entdeckt sie nach und nach verwirrende Geheimnisse im Leben ihrer Freundin. Maarten 't Hart, der große Erzähler und Meister witziger Dialoge, hat einen komischen und höchst spannenden Roman geschrieben.

»Maarten 't Hart, ein wunderbar altmodischer Erzähler, offenbart in diesem Krimibubenstück lustvoll seine komödiantische Seite.«
Der Spiegel

05/2042/01/L

Elia Barceló

Das Rätsel der Masken

Roman. Aus dem Spanischen von Stefanie Gerhold. 528 Seiten. Serie Piper

Was Amelia und Raúl verband, scheint unzerstörbar und hinter einer Mauer des Schweigens verborgen. Bis ein anderer Mann in Amelias Leben tritt und die Schatten der Vergangenheit heraufbeschwört. Ein Roman wie ein tödlicher Maskenball mit wechselnden Verkleidungen und unvorhersehbarem Ausgang – die Geschichte eines diabolischen Spiels namens Liebe.

»Die Spanierin Elia Barceló lotet jede Nuance in den Herzen ihrer Helden aus und findet für die zarteste Regung die passenden Worte. Ein eleganter Gesellschaftskrimi über die Grenzen zwischen Liebe und Besessenheit und über die Kunst, sein wahres Gesicht zu verbergen.«
Woman

05/2235/01/R